お玉ケ池の仇

隠居右善 江戸を走る6

喜安幸夫

時代小説

二見時代小説文庫

目次

お玉ケ池の仇《あだ》——隠居右善《うぜん》江戸を走る6

一　お玉《たま》ケ《が》池《いけ》の怪

一

朝から雪が降ろうかという曇り空だった。

「ぶっ魂消《たまげ》たぜ。屋根の上から人を撃ち殺そうってんだから」

「あいつら、もう雪の奥州《おうしゅう》へ帰ったろうかなあ」

駕籠《かご》舁《か》きの権三《ごんざ》と助八《すけはち》が言ったのへ、隠居の右善《うぜん》が、

「その話、外でするんじゃねえぞ。おめえらの首がふっ飛んでも知らんからなあ」

たしなめると、二人とも恐縮したように口を押さえた。

脅《おど》しではない。相手が老中首座の松平定信《まつだいらさだのぶ》とあっては、実際に大騒動になり町奉行所どころか大目付《おおめつけ》の詮議《せんぎ》を受けてもおかしくない。

この日、一夜明ければ天明《てんめい》八年（一七八八）の元旦を迎え、誰もが齢《とし》を一つ重ねる大晦日《おおみそか》である。

さいわい女鍼師《はりし》の竜尾《たつお》は、いつものことながら周囲の商家のように切羽《せっぱ》詰まった売掛金も買掛金もなく、おおらかに正月を迎えられそうだった。

湯島《ゆしま》一丁目にある鍼灸療治処《しんきゅうりょうじしょ》の居間に、竜尾と元凄腕《すごうで》の同心ながらいまは隠居で鍼灸の見習いに薬籠持《やくろうもち》（医療手伝い）を兼ねる右善、下働きの留造《とめぞう》とお定《さだ》の老夫婦、それに駕籠《かご》舁き人足の権三と助八が顔をそろえている。町の者はこの二人の駕籠を三《さん》八《ぱち》駕籠《かご》と呼んでいる。

大晦日ということもあり、通いの患者は午前中に終え、午後の患家《かんか》まわりも早いうちに終わった。さいわい雪にはならず、午後には陽光まで見えはじめた。日の入りにはまだすこし間があるが、おもての冠木門《かぶきもん》を閉め年忘れの膳と洒落《しゃれ》こんだ。

もっともそこが療治処の居間であれば、年忘れというほどのものではなく、いつもよりいくらか品数の多い惣菜《そうざい》と酒が少々用意されただけである。

一同が座につけば、やはり話題になるのは、この極月《ごくげつ》（十二月）に入ってから係《かか》り合《あ》った一件だった。白河《しらかわ》くずれ博奕《ばくち》打ちとマタギの男が、許せぬ仇《かたき》と松平定信を鉄砲で狙った事件だった。それを右善が周囲の合力《ごうりき》を得てなんとか抑《おさ》えこみ、なにもなかったこととして二人を郷里の奥州白河へ帰すまでに漕ぎつけたのは、ほんの数日前のことである。

四十路《よそじ》に近づいてもなお美貌の竜尾が、しなやかにそそいだ酒でのどを湿らせ、右善は言った。

「あれはその日になるまで狙いが読めなかったが、ともかく端《はな》からみょうな動きが見えたのは、老中暗殺などと大それたことを考えていやがったからだ。逆に最初は些細《ささい》な悪戯《わるさ》だったのが、徐々に大きくなる場合もある。そんなのほど正体がつかめず、芽を摘《つ》みにくいものだ。たとえばなあ……」

「えっ、それで大事件に⁉」

と、いつも威勢のいい権三が身を乗り出したときだった。

「お師匠、おいでかあっ。お願いいたしますうっ」

おもての冠木門を激しく叩く音とともに声まで聞こえた。

「おっ、あの声は梅野屋《うめのや》の若旦那、惣太郎《そうたろう》さんですぜ。ちょっと見て来まさあ」

「さっきの話、あとで聞かせてくだせえ」

権三が腰を上げたのへ、助八も〝大事件〟を聞きそびれたのを残念がるように、手にしたお猪口《ちょこ》を膳に置いた。二人の動作はいつものとおりで、駕籠を担ぐときも権三が前棒《まえぼう》で助八が後棒《あとぼう》である。

座に残った者は一様に顔を見合わせ、

「わし、薬籠《やくろう》の用意をしますじゃ」

「そうしてくだされ」

下働きの留造が言って療治部屋へ立ち、竜尾もこの年末の慌ただしさで梅野屋のあるじ惣兵衛《そうべえ》がまた腰を痛めたのかと思った。

梅野屋は湯島三丁目の表通りに暖簾《のれん》を張る、神田明神下《かんだみようじんした》では知られた大振りな惣菜屋である。あるじに腰痛の持病があり、竜尾の患家の一つである。

梅野屋では竜尾と右善の仲立ちで、内神田《うちかんだ》の小柳町《こやなぎちよう》の米屋・上州屋《じようしゆうや》の娘お登与《とよ》を嫁に迎えたばかりで、梅野屋と療治処には患家と鍼灸医《しんきゆうい》の関係だけでなく、さらに太いものがあった。

「梅野屋は惣菜屋だから、ここ数日は忙しゅうて、惣兵衛さん無理をしたかのう」

「そうかもしれませんねえ」

右善が言ったのへ竜尾もそう思い、まだ日の入り前でもあり、往診の用意にかかろうと腰を上げかけたところへ廊下に足音が聞こえ、

「よかったあ、お師匠、おいでで。お願いしますっ」

言いながら部屋に飛びこんで来たのは惣太郎だった。

それを追うように部屋へ戻って来た権三が、

「なんでえ、やっぱりそういうことかい。だったらこれから」

「ひとっ走り駕籠を取りに帰《けえ》って、お連れしやしょう」

助八がつないだ。

二人は湯島二丁目の裏長屋に住まいし、なかば竜尾の療治処の専属になっている。だがきょうは昼間の仕事を終え、年忘れということで駕籠は長屋に置いて来ている。梅野屋は三丁目だから一丁目の療治処からちょいと二丁目の長屋に駕籠を取りに帰り、その足で梅野屋まで行ってあるじの惣兵衛を乗せ、それで療治処に戻って来ようというのである。

「あ、ちょっと待ってください。そうじゃないんです」

ふたたび廊下に飛び出ていた権三と助八を、惣太郎は慌てて呼びとめた。

権三も助八も惣太郎も立ったままである。竜尾も右善もすでに腰を上げており、留造は療治部屋から薬籠を持って来たところで、お定も落ち着かず腰を上げている。もはや年忘れの雰囲気ではない。

竜尾が訊《き》いた。

「惣太郎さん、そうじゃないってどういうことですか」

「はい。患者は上州屋のお義父《とっ》つぁんなんです」

惣太郎は応《こた》えた。迎えたばかりの女房お登与の実家であり、義父といえばあるじの平吾郎《へいごろう》ということになる。肩を強く痛め、竜尾が幾度か往診に出向き、そのとき右善も薬籠持として行った。

「えっ、また肩を？」

「いえ、腰を痛め、それも七転八倒でいますぐ来てくれと、向こうのお手代さんが走って来られ、いま外で待っております」

惣太郎が言ったのへまた権三が、

「へん、上州屋なら小柳町じゃござんせんかい。おう、助よ」

「がってん。駕籠を取りに帰《けえ》ってすぐ戻って来まさあ」

駕籠を取りに帰り、竜尾を乗せて内神田の小柳町まで走ろうというのだ。

右善が言った。

「あ、待て。火急《かきゅう》ならおまえたちと筋違御門橋《すじかいごもんばし》で待ち合わせだ。さあ、行け」

「そいつはいいや」

「がってんでさあ」

権三と助八はあらためて玄関口へ足音を立てた。

日本橋《にほんばし》に近い内神田と湯島のある外神田は神田川《かんだがわ》で隔てられており、内と外を結んでいるのが筋違御門橋である。同時に療治処を出て筋違御門橋で落ち合えば、駕籠で竜尾を迎えに来る時間が節約できる。

竜尾の技量から療治処は町の産婆《さんば》も兼ねており、こうした火急の出来事《しゅったいじ》には慣れている。

右善が言った。

「いまからなら帰りは暗くなっている。薬籠持には儂《わし》が行こう。儂なら代脈《だいみゃく》（助手）も務まるでのう」

「そうしてくだされ」

竜尾も言った。だが、代脈ができるなどとは右善がかってに言っているだけで、鍼の腕はまだまだ人に打てるまでには達しておらず、薬籠持の域を出ていない。

ともかく、

「鍼と薬草は全部そろっておるな」

と、留造から薬籠を受け取った。小脇に抱えられる大きさだ。

「申しわけございませぬ」

恐縮する惣太郎と一緒に母屋の玄関を出た。

「来てくださいますか！」

と、惣太郎と一緒に上州屋の手代が玄関口で待っていた。

「潜り戸は開けておきますすじゃ」

留造とお定が冠木門の外まで出て見送った。

筋違御門橋はすぐそこである。

道行く顔見知りの住人たちから、

「あんれ、お師匠《しょ》さん。急な病《やまい》の人が？」

「ご苦労さんでございます」

と、声をかけ、道を開ける。

これも神田明神下の一つの風景である。見ればお産でないことはわかる。お産のときはお定が薬籠持に随《したが》っているのだ。

権三たちは相当走ったようだ。師走《しわす》の風景にふさわしい。橋のたもとには三八駕籠と竜尾たちがほとんど同時に着いた。

「さあ、乗って下せえ」

「お願いします」

権三の声に、上州屋の手代がまた恐縮したように言う。

「へいっ、参《めえ》りやす。小柳町」

「へいっほ」

ふたたび駕籠尻《かごじり》が浮き、走り出した。

右善とお店者《たなもの》二人がつき添っている。粋《いき》な八丁堀《はっちょうぼり》姿の小銀杏《こいちょう》の髷《まげ》を落としてからの右善は、総髪でいつも裾《すそ》のせまい絞《しぼ》り袴《ばかま》に袖《そで》を絞った筒袖《つつそで》を着こんでいる。一見儒《じゅ》者《しゃ》のようだが、腰に薬草掘りに使う長尺《ながしやく》の苦無《くない》を提げているから医者とわかる。往来の者に、急患を乗せた駕籠に医者がつき添っているように見るだろう。だが、まだ代脈にもなれない見習いである。

小柳町は、日本橋から筋違御門までほぼ一直線に延びる、神田の大通りの東手に位置している。

着いたとき、すでに陽は落ちていたが、まだ明るさはある。上州屋の玄関口に番頭と女中が出ていた。手代が右善と惣太郎を随えた町駕籠と一緒に戻って来たのを見るなり、

「あ、来た来た」

女中がホッとしたように手を振り、

「ありがとうございます、ありがとうございます。さあ」

番頭が腰を折り、玄関を手で示した。

よほど待ちかねていたようだ。

二

番頭が先に立ち、奥の部屋に案内する。竜尾も右善もすでに幾度か来ており、勝手知った患家の奥向きである。普段と異なるのは、おもてに松飾りが出され、軒端《のきば》には白い注連縄《しめなわ》が張られているところであろう。

「さ、こちらです」

初めての往診のとき、よくあることだが家の者は右善が鍼医で、女の竜尾が代脈か薬籠持かと見間違う。準備のなかで鍼医らしからぬ美形の竜尾が鍼医だったことに、上州屋の面々も懸念を抱いたが、いざ療治が始まるとその場であるじ平吾郎の肩の痛みは引き、ゆがめていた表情がいつものおだやかな顔に戻った。家人や奉公人らは顔を見合わせ、最初に見間違った裏返しもあってか、女鍼師・竜尾への信頼を大いに高めたものだった。

この日も竜尾は痛めたときのようすを訊き、腰の部分を手で押さえたりし、

「おりからの冷えこみで気血《きけつ》がとどこおっていたところへ、急な熱が加わったのが原因です。放っておけば腰が曲がったままになり、日常の動きに支障が出ます」

と、証《しょう》を立てた。

この日、平吾郎は忙しそうな奉公人たちを手伝おうと店場に出て、米俵は担げないが移動しようと手をかけ、持ち上げようとした。そのときだった。不意にうめき声を上げ、その場に倒れこんで七転八倒しはじめ、驚いた家人らが数人がかりで米俵ならぬ平吾郎を奥の部屋に担ぎこみ、手代が湯島に走ったのだった。

右善が笑いながら言った。

「あははは、平吾郎どの。なれぬ力仕事に手を出すからじゃ。かえって店の者たちに迷惑をかけてしまいましたなあ。さあ、うつ伏せになりなされ」

「ほんと、そうですよう。こんな日に湯島のお師匠《しょ》さんや、右善の旦那にまで来てもらって。ほんとに申しわけありません」

「め、めんぼくない」

新造《しんぞう》のお栄《えい》が言ったのへ、平吾郎は苦痛に恐縮の色を重ねた。

ほんの二月《ふたつき》前のことだった。上州屋が得体の知れない騒ぎ屋から打毀《うちこわ》しの標的にさ

れたことがある。その正体を暴《あば》き上州屋と小柳町を騒動の波から救ったのが右善だった。上州屋も町の者も右善の前身を知り、いたく恐縮したものだった。それがあってから上州屋では、右善が竜尾の薬籠持として来ても、八丁堀のご隠居として遇し、右善も患者を前に軽口をたたくことができるのだ。それがまた患者や家人らの気分をほぐすのに役立っている。

その雰囲気のなかに、

「それでは」

と、竜尾は右善が薬籠から取り出した鍼を手に、腰から背中にかけての三焦兪《さんしょうゆ》や関元兪《かんげんゆ》の経穴《つぼ》に打ち、気血の流れをよくし痛みをやわらげていった。

「ああ、地獄を抜け出たようですじゃ」

と、平吾郎が上体を起こしたのは、療治が始まり半刻《はんとき》（およそ一時間）ほどを経てからだった。

「あとはお部屋を暖《あたた》こうして、力仕事などせず、おとなしゅうしていなされ。あさって、また来ますから」

と、竜尾が平吾郎を諌《いさ》め、右善も薬湯を煎《せん》じ終え、三八駕籠が女中に言われ玄関口のほうへまわった。

　ここまでは大晦日の急患とはいえ、いつもの往診風景と変わりはなかった。

　権三と助八が担ぎ棒に提げた小田原提灯《おだわらちょうちん》に火を入れ、竜尾と右善、惣太郎の三人が出て来るのを待っているときだった。

　手に灯りを持たない男が一人、

「あんたら、湯島の駕籠《かご》舁きさんじゃねえ」

と、声をかけて来た。

　見ると、

「おっ、お向かいの旦那じゃござんせんかい」

　権三が応《こた》えた。

　上州屋と往還を挟んだだけの向かいに、日々屋《ひびや》という変わった屋号の荒物屋がある。あるじを太兵衛《たへえ》といって平吾郎とおなじ四十代なかばで、ずんぐりむっくりのいかにも商家の正直な旦那といった風情《ふぜい》の男である。

　その太兵衛に助八が申しわけなさそうに、

「すいやせん。いま上州屋のお客さん待ちでして、へい」

「いや、そうじゃないんだ。上州屋さん、えらいお苦しみだと聞いてね。そのことでちょいと右善の旦那に話が」

「え、なんですかい。師匠じゃのうて右善の旦那に？」

　権三が問い返し、助八が、

「それなら師匠も右善の旦那ももうすぐ出て来まさあ。さっき上州屋《ここ》の女中さんがそう言ってやしたから」

「い、いや。ここでは……」

　太兵衛が口ごもって言ったところへ、上州屋の手代が提灯を手に出て来て、

「ほんとにありがとうございました」

　竜尾の足元を照らした。

　もちろん右善と惣太郎も一緒で、上州屋から借りた提灯を手にしており、往還が明るくなった。新造のお栄と番頭、女中も見送りに出て来た。大晦日にもかかわらず竜尾と右善が駈けつけてくれたのが、よほどありがたかったのだろう。さっきからしきりに礼を述べていた。

「それではあした一日おき、あさってまたようすを診《み》に参りますから」

　と、竜尾が駕籠に乗り、

「では、帰《けえ》りやす」

「あらよっ」

駕籠尻が地を離れ、

「へいっほ」

「えっほ」

担ぎ棒に提げた小田原提灯が揺れはじめた。

数歩進んでから後棒の助八が、

（あっ。荒物屋の旦那、話し途中だった）

気がつき、かけ声をかけながらふり返ったが、見えたのは見送りの提灯とその人影だけで、そこに日々屋の太兵衛がいるかどうかまでは見分けられなかった。

実際、上州屋の玄関口から手代の声が聞こえたとき、太兵衛は助八に言いかけた言葉を止め、提灯の灯りが出て来たとき、もうその場にいなかった。権三と助八は竜尾たちを迎えるので、自分の店にそっと戻る太兵衛を見ていなかった。上州屋の者も、向かいの太兵衛が出て来ていたことに気づかなかったようだ。

すでに湯島の通りに往来人はいない。右善が駕籠の前に歩を取り、うしろに惣太郎がつづいている。大晦日に陽が落ちてからも外を走っているのは、まだ売掛金を回収し終わっていない商人か、急患を診る医者か産婆くらいのものであろう。

療治処は表通りではなく、枝道へ入ったところにある。その枝道に入ると、

「儂《わし》が門扉《もんぴ》を開けるからそのまま駕籠を庭へ入れ、おめえたちもう一度上がって一杯《いっぺえ》やっていけ」

「へいっ」

「がってん」

右善が言い、三八駕籠のかけ声がふたたび勢いづいた。

右善は留造が開けていた潜り戸を入り、中から閂《かんぬき》を外し門扉を開けた。

「さあ」

「へいっ」

「着きやした」

と、それらの音や声が母屋まで聞こえたか、

「いかがでしたか。で、どんなようすで！」

叫ぶように玄関から飛び出て来たのはお登与だった。一緒に駕籠について走れず、せめてひと呼吸でも早く実家の父のようすを聞こうと、梅野屋から療治処に来て待っていたのだ。

駕籠から庭に降り立った竜尾が、

「あらあら、お登与さん。心配いりませんよ」

療治のようすを話し、

「いまはすっかり痛みも取れ……」

と、惣太郎も語り、お登与はようやく安堵した。

二人は竜尾が引きとめるのを謝辞し、幾度も礼を言ってその場から梅野屋に帰った。

やはりあしたが元旦とあっては、各家ともそれぞれに行事があるのだろう。

留造とお定が玄関口に出て来て、手燭《てしょく》で足元を照らしていた。

一同が居間に戻りふたたび膳につくと、熱燗《あつかん》はすぐに用意され、あたためなおせるものは留造とお定が用意にかかった。

すっかり遅くなってしまったが、年忘れの再開である。

お猪口《ちょこ》よりも湯飲みでグイと一杯引っかけた権三が、

「あ、忘れてた」

「おめえ、向こうに足跡でも忘れて来たかい」

助八がからかうように言い、

「あ、あれか」

「そう、あれだ。まだ途中だったぜ」

言いながら交互に湯飲みを口に運ぶ権三と助八に右善が、

「おめえたち二人そろって、なにを上州屋に忘れたのだ。あ、そうか。台所で酒でも出され、それを飲み忘れたのか。あははは、だったらその分、ここで飲んで行け。足腰立たなくなったら、立てるように儂《わし》が鍼を打ってやるぞ」

「そ、それだけはご勘弁を」

助八が身をぶるると震わせた。まるっきりの冗談ではなく、なかば本気である。まだ身近の者で、右善の鍼の稽古台になる者はいないようだ。

「いったい、なんなんですよ。権三さんと助八さんの忘れ物って」

お定が焦《じ》れったそうに言ったのへ権三が、

「忘れたのは俺たちじゃねえや、お向かいさんだ。日々屋の太兵衛旦那がふらっと出て来なすって、それが中途半端でよう。上州屋の旦那がえれえ苦しみようらしく、それで右善の旦那になにか用とかで。ただそれだけでさあ、あははは」

「ほれ。まただ、権《ごん》よ。それじゃ聞いている人になんのことかわかんねえだろうよ。おめえの話はいつもこうだ」

せっかちな権三を助八がたしなめ、

「そうだった」

「あっしらが上州屋の女中さんに言われ、台所からおもてにまわり、お師匠や旦那を待っている、ほんのわずかのあいだのことでさあ」

と、向かいの荒物屋の日々屋太兵衛が出て来て、上州屋平吾郎の突然の痛みの件で右善に話したいことがあると告げ、知らぬ間にいなくなってしまったことを順序立てて話した。

右善と竜尾は顔を見合わせた。もちろん上州屋の向かいということで、太兵衛の顔は知っている。だが当然ながら、なんのことかわからない。わからないなかに右善にも竜尾にも、助八が太兵衛に〝師匠も右善の旦那ももうすぐ出て来まさあ〟と告げたとき、太兵衛が〝いや、ここでは……〟と応えたというのが気になった。

権三がまた喙《くち》を容《い》れた。

「それが中途半端なんで。旦那やお師匠たちが出て来なすったとき、いま思えば太兵衛旦那、もうそこにゃいやせんでしたぜ」

「そう、俺もそう思っててついふり返ったのでさあ。よう見えやせんでしたが、たぶんいなかったんじゃねえかと……」

助八がつないだ。

ともかく、なにやらいわくありげなことだけはわかった。だが、そのなにやらがわからない。

「なんなんでしょうねえ、気味が悪い」

お定が真剣な顔で言った。実際、あした新年を迎えるという年忘れの座にふさわしくない、中途半端な話である。

そこへ、一同のお猪口や箸の動きが止まった。

「ん？　あれは」

右善がつぶやき、耳を澄ませた。おもての冠木門であろう、門扉を叩く音が聞こえたのだ。耳にしたのは右善だけではない。

「わしがちょいと見て来まさあ」

留造が立ち、手燭《てしょく》を持った。

居間では竜尾が心配そうに、

「まさか上州屋さんのお手代さんが……。平吾郎さん、じっとしておれば痛みだすことはないのですが」

「あの旦那、痛みが取れてまた動きまわったのではないか」

右善が真剣な顔でつないだ。

「えぇえ」

権三が声を上げた。もしそうなら、酒が入ったところで、また小柳町まで駕籠を担がねばならない。助八も困惑した顔になった。

おもてからの音は、なおも聞こえる。

留造が手燭を手に、

「はいはい、どなたですじゃ。いま開けますよって」

潜り戸の小桟《こざる》を上げた。横に引けば戸は開く。

居間に、冠木門を叩く音は聞こえなくなった。

三

廊下に足音が立った。一人は留造だろう。もう一人いる。急いでいるようでもないから、上州屋の者ではないだろう。

ならば……誰。竜尾も右善も、権三、助八、それにお定も、固唾《かたず》を呑む思いで視線をふすまに向けた。

「さあ、右善の旦那はこちらでございまさあ」

留造の声とともにふすまが開いた。

「おっ、旦那」

「いま、うわさを」

権三と助八が同時に声を上げた。廊下に立っていたのは、上州屋の向かい、荒物屋の日々屋太兵衛ではないか。

太兵衛は母屋の居間に人数がそろっていることに、

「これは皆さま」

と、戸惑ったようすを見せた。

竜尾と右善は

「さあ、太兵衛さん。上州屋さんのお具合のことでなにかお話がおありとか」

「そう。それも儂《わし》にとは、どういうことかのう」

と、中へ入るよう手で示した。

太兵衛は、

「しかし……」

なおも戸惑いの色を隠さない。上州屋の前で権三と助八に〝ここでは……〟と言った。それは内密にという意味を含んでいたか。その太兵衛の顔が深刻そうに蒼《あお》ざめて見えたのは、寒さのなかを来たのと部屋が行灯二張《あんどんふたはり》の淡い灯りだけのせいではなさそうだった。それに太兵衛は右善が打毀しの狼藉者《ろうぜきもの》を始末したことを知っており、それを踏まえて〝右善の旦那に話が〟と言ったのかもしれない。

竜尾が気を利かせ、

「さあ、留造さん、お定さん。太兵衛旦那にもお膳を」

言うと、権三と助八にも目を向けた。

「あ、はい」

「すぐに」

留造とお定は自分の膳を持って立ち、権三と助八も、

「あっしらも台所で」

「熱燗のできたてをいただきまさあ」

と、徳利の載っている膳を手に、台所へ下がった。

「申しわけございません、ほんとに。こんな日に押しかけ、まことにもって……」

太兵衛がきょうの上州屋以上に恐縮した態《てい》になって腰を折り、部屋に入った。どこに座ろうかとまた戸惑い、

「さあ、そこへ」

竜尾が手で示し、上座も下座もなく、竜尾と右善がならんで座る前に太兵衛は座を

取った。

「これはまた」

と、恐縮する太兵衛の膝の前に膳が出され、

「さあ。ともかくそれであたたまりくだされ」

竜尾がすすめ、お定がお猪口に酌《しゃく》をして退散した。

竜尾と右善が、太兵衛と膳を挟んで対座するかたちになり、右善はあぐら居のまま
だが、太兵衛は実直な商人らしく竜尾とおなじく端座《たんざ》の姿勢を取っている。

右善が、

「さあ、太兵衛さん。儂にどんな話かのう。上州屋がきょう不意に腰を痛めたのと係り合いがありそうな。ならば、竜尾どのも一緒のほうがよかろうと思うが」

「そう。わたくしも気になります。きょうの上州屋さんの痛みは尋常ではありませんでしたから」

竜尾も言った。

端座の太兵衛はずんぐりむっくりの肩をすぼめ、

「ほんとに、ほんとに申しわけありません。かような日に押しかけまして」

両手を畳につけて言う。

竜尾が、

「太兵衛さん。さあ、お手をお上げくださいましな。なんなら、わたくしも座をはずしましょうか」

「いえ、滅相もありません。お師匠もいてくださったほうが話は早《はよ》うございます」

太兵衛は顔を上げ、手の平をひらひら振りながら言い、

「恐ろしいのです。お玉《たま》さんの祟《たた》りが……。まさかとは思うのですが、上州屋さんを呪い……。そんなはず、ありませぬ。それをお師匠の鍼で証明していただき、右善の旦那には、もしそこにあやかしならぬまやかしがあれば、お腰の長尺苦無《ながしゃくくない》で絶ち斬ってほしいのです」

祟りだの呪いだのと、なにを言っているのかますますわからなくなった。

右善はまた竜尾と顔を見合わせ、

「どういうことかなあ、商人らしくねえぜ。順を追って話してみねえ」

座をやわらげるためか、伝法《でんぽう》な口調で言った。奉行所の定町廻り同心や隠密廻り同心を経て来た身には、そのほうが自然で話しやすい。

竜尾も、太兵衛が話しやすいように問いを入れた。

「お玉さんの祟りとは、お玉ケ池《たまがいけ》に関わることですか。あの界隈に〝お玉ケ池の厄除《やくよ》

け講《こう》〟というのがあると聞いておりますが、それとなにか係り合うことでしょうか?」

「そう、それなんです。その厄除け講なんです」

太兵衛は上体を前にかたむけ、語りはじめた。

近隣の仲間が定期的に金を出し合って積立て、冠婚葬祭や病など、講中《こうちゅう》に急な出費を必要とする者が出れば、そこに一括して金をまわすという頼母子講《たのもしこう》の一種である。

お玉ケ池の厄除け講は、一風変わっていた。講中の者で悪霊《あくりょう》や妖怪の祟りや呪いで不幸に見まわれた者がおれば、そこに一括して金子《きんす》をまわし、豪勢なお祓《はら》いをするなり派手に護摩《ごま》焚《た》きをするなり、気晴らしの旅に出るなどして不幸を乗り切ってもらおうという講である。

かつて内神田に大きな沼があった。一帯は江戸から奥州方面へ向かう通り道でもあり、その大きな沼のほとりに茶店があった。

いつのころかは定《さだ》かでない。その茶店の前を二人の武士が通りかかった。二人はこの縁台でひと休みした。そのとき茶を出した娘をお玉といった。お玉は美しい娘だった。そこで二人の武士がお玉をめぐって争いになり、双方が刀を抜くまでに至った。

お玉はあたしが原因で殺し合いなどあってはいけない、申しわけないと沼に身を投げたという。お玉の死を悲しんだ里人《さとびと》は岸辺に供養の祠《ほこら》を建て、いつしかその沼をお玉ケ池と呼ぶようになった。

江戸の発展につれ人口が増え、沼地はつぎつぎと埋め立てられ、この物語の天明のころには小さな沼が点在するのみとなり、古老でもお玉ケ池の元の姿を知らず、言い伝えによれば松枝町《まつがえちょう》から岩本町《いわもとちょう》のあたりまで水辺が広がっていたという。

土地《ところ》の者は武家地も町場も含めその一帯をお玉ケ池と呼んでおり、諸人《もろびと》にも町名よりそのほうがわかりやすい。残っている一番大きな沼のほとりにお玉の祠があり、お玉稲荷《いなり》と称《よ》ばれていまなお線香の煙が絶えない。

上州屋や日々屋の小柳町はお玉ケ池の範囲ではないが、隣接していると言っていいほど近くである。

「お師匠のおっしゃったお玉ケ池の厄除け講ができたのは五年前、お師匠がすでにここに療治処を開かれており、そのころ右善の旦那は定町廻りか隠密廻りの同心をなさっておいででしたから、たぶんご存じでしょう」

「思い出したぞ、五年前。厄除け講などと、みょうなのができたのはあのころだった」

右善が言ったのへ竜尾も、

「えっ。あの水難事故が、厄除け講のきっかけでしたか」

「いや、事故ではない。事件だった」

右善が重い口調で返し、

「話してみよ」

武家言葉に戻り、鋭い視線を太兵衛に向けた。

急に雰囲気の変わった右善に、

「へ、へえ」

太兵衛は返し、あらためて話しはじめた。言ったとおり、それは五年前だった。

いまも残っているお玉ケ池の沼で、当時六歳になる女童《めわらべ》が溺死《できし》した。名はお清《きよ》といい、可愛らしい娘だったという。親は松枝町で伏見屋《ふしみや》という扇子《せんす》商いの暖簾を出していて清助《せいすけ》とお駒《こま》といい、京なまりのある夫婦だった。

人の知らせで清助とお駒は沼に駈けつけ、すでに水死体となった娘を抱きしめて泣き、野辺送《のべおく》りをしてからも数日泣き暮らし、周囲の者に諭《さと》されふたたび商舗《みせ》を開けるのに三月《みつき》もかかった。お清は清助とお駒が夫婦になってから、四年目にして授《さず》かった子で、一人娘だったのだ。清助という親の名の一字を娘の名にするほどだから、溺愛ぶりはそこからもうかがい知れる。

まだ伏見屋夫婦が雨戸を閉じ打ち沈んでいるころ、金剛杖《こんごうづえ》に行衣《ぎょうえ》を着《つ》けた山伏《やまぶし》があらわれ、お清が命を絶った沼のほとりにひざまずいて滅罪真言《めつざいしんごん》を誦《ず》し、つぎには右手を膝の前につき、左手で行衣の襟をつかんで降魔《ごうま》の呪文《じゅもん》を唱え、鈴を鳴らしながら悠然と立ち去った。

それが三日、四日とつづき、土地の隠居が山伏に訊《き》いたという。若くもなく老けてもおらず、四十がらみの元気そうな山伏だった。

「——おまえさま、えらく熱心なようじゃが、伏見屋さんの縁者であろうか」

「——伏見屋？　知らんなあ、さような商舗《みせ》は」

山伏は応《こた》え、驚いた隠居は数日前に女童がそこで溺死したことを話した。

山伏はひとこと、

「——遅かったか」

言うとふたたびひざまずき、降魔の呪文を唱えはじめた。

なにごとかと住人たちが集まって来た。

そこで山伏は言った。

「——十日ほどまえじゃった。わしがこの沼のほとりを、そう、ちょうどここじゃった。通りかかると、風もないのに水面《みなも》が低い音を立ててざわつき、ひと筋の黒い煙が立ち、それが人のかたちを成してのう。数呼吸のあいだゆらゆら揺れたかと思うと、出て来たときとは逆に、水面に吸いこまれるように消えもうした」

「――大きさは、大きさはどのくらいでした⁉」

集まった衆のなかから声が出た。

山伏は自分の腰のあたりで手を水平にし、

「――さよう。このくらい、子供のようじゃった」

「――お清だ、お清の霊に違いない」

「――なんと憐《あわ》れな。まだ彷徨《さまよ》うていたか」

声が立ち、

「――まさか、お清ちゃん、お玉さんに引きこまれた⁉」

言う者もいた。すぐ近くのおかみさんである。

しばし座に沈黙がながれ、山伏はふたたびひざまずき、沼に向かって降魔の呪文を唱えはじめた。

それは伏見屋の一人娘お清が溺死した初七日《しょなのか》の日だった。その場で山伏に帰依《きえ》する者があらわれ、おのれ自身や家族の身に災厄《さいやく》が降りかかるのを恐れ、幾許《いくばく》かの寄進をする者まで出た。山伏の名を覚然《かくねん》といった。出自《しゅつじ》は不明で、自分では羽黒山《はぐろさん》の宿坊《しゅくぼう》に入り〝修行すること二十年〟と言っている。

お玉ケ池の住人を中心に、悪霊から身を護ろうと〝厄除け講〟ができたのは、それからしばらくしてからだった。当然のように、その山伏が中心となり、単に掛け金を出しイザというときに備えようというのではなく、講に入れば覚然の降魔のお祓い付きというのだから、ありがたみもあった。

お玉ケ池の住人は誰ともなくそれを〝お玉ケ池の厄除け講〟というようになり、五年を経たいまでは講中は町家も武家も含め三百世帯ほどとなった。それまで諸国行脚《あんぎゃ》の山伏であった覚然は、沼に近い松枝町に小ぢんまりとした一軒家を借りて祈禱所《きとうしょ》となし下男も置き、定住するようになった。

小柳町の上州屋も日々屋も講中だった。普段は話題にもならないが、上州屋の平吾郎が熱心な帰依者であることは、右善も竜尾も承知している。

それら講のできた経緯《いきさつ》は太兵衛から聞くまでもなく、右善も竜尾も知っていた。右善はそのころ北町奉行所の隠密廻り同心であり、町場の動きはある程度掌握している。竜尾は療治に来る患者から、町場のさまざまなうわさを聞き、お玉ケ池の厄除け講もそうしたうわさの一つで、竜尾は適当に聞きながしていた。

しかし太兵衛が、

「ほんとうに心配なんです」

と、表情にも懸念の色をにじませて言った内容には、右善も竜尾も驚いたというより、啞然《あぜん》となった。

太兵衛は言ったのだ。

「今月十三日の煤払《すすはら》いの翌日、わずかながら今年最後の寄進をと思い、松枝町の祈禱所に参りました」

太兵衛も、なかなか熱心な帰依者のようだ。

「煤払いの翌日ということで、ありがたくも居間に入れていただき、覚然さまと膝をまじえ、一献酌み交わすことができました。ほかに松枝町の帰依者のお方二人が一緒でした。このとき覚然さまがおっしゃったのです。去年はお玉ケ池の沼に若い侍が一人落ち溺死《できし》したが、その者は講中ではなく、信心が足らんかったからじゃ、と」

この事件か事故を、むろん右善は知っている。去年の夏場で、児島《こじま》右善は現役の隠密廻り同心だった。右善の胸中では、それは事故ではなく、いまなお胸に引っかかっている事件である。

覚然はつづけて言ったという。

「――そのあとお玉ケ池界隈では武家地からの帰依者も増え、よって今年は武家からも町家からも、お玉やお清の霊に沼へ引きこまれる者は出ておらん。わしも毎日、滅罪真言を誦し降魔の呪文を唱えており、水面に黒い煙が立つことのない一年じゃった。まずはめでたいことじゃ」

いかにも歳末にふさわしい話題である。実際この一年、小柳町で打毀しに似せた騒動はあったものの、人命にかかわる事件も界隈の沼での水死者もなかった。

「――ところがじゃ、困ったことが一つあってのう」

覚然はつづけた。

「――講中に信心が足りず、講金を秘かに流用している者がおる。詮議すればすぐに判ることじゃが、わしはそのようなことはしたくない。じゃが、神仏の目を欺《あざむ》くことはできぬ。その者はきっと予期せぬ事故か、不意の病に襲われるはずじゃ。憐れなことよ。もしなにごとも起きねば、講金とはいえ神の赦《ゆる》す範疇《はんちゆう》の些細《ささい》なこととし、誰も知らずにすまされよう。むしろわしは衆生《しゆじよう》の安寧《あんねい》を思い、そのほうを望んでおる」

巧妙である。どちらにころんでも、覚然は験《しるし》を示したことになる。

ちなみに覚然は諸人の喜捨《きしや》で日々の生活《たつき》を立てており、掛け金などの講金は講中の地域ごとの帰依者の肝煎《きもいり》（世話人）七、八人で分散して保管している。小柳町では上州屋平吾郎がそれに当たっていた。

太兵衛は右善と竜尾に言った。

「私は覚然さまのお言葉を、恐ろしゅうて小柳町で話すことはありませんでした。しかし、松枝町のお方が二人おいででしたから、周囲に話しているかもしれません。それに覚然さまからそれを聞かされたのは、私ら三人だけとは限りません。おそらく、ほかにも聞いたお人はおいででしょう」

覚然の話はお玉ケ池界隈に、かなり広まっているものと思われる。このあとの太兵衛の言葉は想像できた。

太兵衛は言う。

「そこへ大晦日のきょうです。お向かいの平吾郎さんが腰を痛められ、私はびっくりし、すぐさま見舞いに行きました。すると見舞いどころの騒ぎではなく、平吾郎さんは激痛に話もできないほどでした」

そのとき太兵衛の脳裡をよぎったのは、

「覚然さまの言葉でした。私は、平吾郎さんに限ってそんなことあるものかとおろおろしておりました。そこへお師匠の駕籠が来たのです。ホッといたしました。しかしこんなこと、上州屋さんのご家族や奉公人の前では話せません。お帰りのときをお待ちし、とりあえず右善さまに話し、そこからお師匠に伝えていただき、即刻の治癒《ちゆ》をお願いしようと思ったのです。そうでなければ平吾郎さんは世間から不信心の烙印《らくいん》を押され、講金流用の濡《ぬ》れ衣《ぎぬ》まで着せられてしまうのですうっ」

気がつけば、三人の膳の上に箸は動かず、留造とお定があたためなおした皿のものはすでに冷め、徳利の熱燗もすっかりぬる燗になっていた。事態は深刻なのだ。

「お師匠！　祟りなどとは思えませんっ。救ってくだされ、上州屋さんをっ」

膳の上にまで身を乗り出して言う日々屋太兵衛に、

「ほほほほほ」

と、竜尾は手で軽く口を隠す仕草を取り、

「平吾郎さんの原因ははっきりしています。無理な姿勢で、急に重い物を持ち上げようとしたからです。もう痛みはありませぬ。どんな悪霊《あくりょう》も寄りつきません」

「あした、あしたは元旦です。一日《いちにち》家にいても、二日《ふつか》は人まえにも出なければなりませぬ。立てますか、歩けますか」

「はい、大丈夫です。立つことも歩くことも」

ようやく太兵衛の表情に安堵の色が見られた。太兵衛は向かいの平吾郎とは、長く深いつき合いがあるようだ。おそらく家族ぐるみであろう。

廊下に足音が立った。留造だった。

「玄関に日々屋さんのお手代さんと小僧さんがおいでです」

来るときは一人だったが、帰りが遅いので奉公人が迎えに来たようだ。

結局、年忘れのやり直しの膳は、手つかずのままになった。

権三と助八も、残りの酒が入った徳利と提灯を担ぎ棒に引っかけ、右善が言いかけた、些細な悪戯《わるさ》が大事《だいじ》に至った話を聞くのも忘れ、

「あとは長屋に戻ってゆっくりやりまさあ」

と、さきに帰っていた。

たぶん、太兵衛に帰りの駕籠を頼まれても、もう無理だったろう。

「あはは。二人とも空駕籠を担いだときも、ふらついているのか寄りかかっているのかわからぬほどでやしたよ」

留造が言っていた。

四

右善も帰り支度にかかった。

部屋の中で、ぬる燗になった五合徳利を手に、

「ほんとうに、大丈夫なんでしょうなあ」

竜尾に念を押した。平吾郎の容態である。太兵衛からあのような話を聞けば、単に鍼で痛みを鎮《しず》めただけではすまない。あすには腰を痛めた事実などなかったように振る舞わなければならないのだ。その意味では、きょうが大晦日だったのは好都合だった。元旦の江戸の町は、きわめて静かで人の動きはないのだ。

「右善さん。二日は往診ではなく、年始の挨拶まわりです。羽織袴《はかま》でお願いします」

竜尾は言った。

やはり心配なのだ。人々の動きはじめる二日に往診したのでは、かえって人目を引く。年始の挨拶まわりなら、自然で往診と気づく者はいまい。右善は竜尾の言った意味を解し、

「承知」

応《こた》え、提灯を手に庭に出て裏手の離れに戻った。

母屋とは離れた物置だったのを、隠居した右善を迎えるのに、人が寝起きできるように改装した部屋である。留造が気を利かせ、手あぶりに炭火を入れていた。いままで無人だった部屋に、凍てつくような冷たさはなかった。

右善は炭火の燃える手あぶりの前にあぐらを組み、

「ふーっ」

大きく息をついた。

お玉ケ池の厄除け講がからんでいるとあっては、

(こいつは、厄介《やっかい》なことになるぞ)

思わざるを得なかった。

同時に、

(もう一度、やってみるか)

闘志も湧いて来た。

覚然が胡散臭《うさんくさ》いことは、右善は町奉行所同心の目からみて、お玉ケ池の厄除け講ができたときから承知していた。だが、相手が羽黒山の山伏とあっては、管掌《かんしょう》は寺社奉行である。町奉行所同心の立場から右善は関与できず、傍観《ぼうかん》していた。その傍観は、寺社奉行の管轄だからというだけの理由からではなかった。

(――お玉の霊がお清を引きこんだ？　黒い煙がもやもや？　ふざけるな)

と、右善の関心が、いまもなおお清の溺死にそそがれていたからである。

町人姿になり、聞き込みを入れた。

五年前のことである。

目撃者がいた。小間物の行商人だった。

夏場の陽がかなりかたむいた、蒸し暑い夕刻だった。そのとき六歳だったお清が、お玉ケ池の沼に落ちる瞬間を見ていたわけではない。

「――キャーッ」

悲鳴を聞いたというのである。

右善はこの行商人に行きつくまでにも、二月《ふたつき》ほどを要した。

行商人は反射的に悲鳴の聞こえたほうへ駈けた。

「――おおおっ」

と、向かいから慌ただしく駈けて来る三人の男とぶつかりそうになり、脇に避けてまた走った。三人はいずれも若い武士で、両刀を帯びていたが袴に稽古着といった軽装で、武家地のほうへ駈けていた。

行商人が二月後にも〝武家地のほうへ〟と明言できたのは、武家地での商いから町場に出て来たところだったからである。

お玉ケ池界隈に、町場に囲まれたような武家地がある。というより、もともと武家地だったのがしだいに町家が建ち、武家地がそれらに囲まれるようになったもので、江戸の町にはそのようなところが随所にある。とくに内神田で武家地といえば、お玉ケ池のその一帯を指した。

もしこのとき、三人の若侍とすれ違ったのが岡っ引の藤次《とうじ》だったなら、悲鳴の聞こえたほうへ走るよりもその三人を尾《つ》けていたかもしれない。だが行商人は事件を追うには素人である。それに事件かどうかもまだわからない。ともかく行商人は悲鳴の方角に駈けた。

沼のほとりだった。すでに近くの町場の住人が幾人か駈けつけ、沼へ入っている者もいた。沼の中から娘を助け出したときにはすでに大量の水を飲んで息はなく、必死の介抱もむだだった。知らせを受けて松枝町から駈けつけた伏見屋の清助と女房のお駒は、水死体となったお清に取りすがり半狂乱になった。

野次馬が集まる。

そのなかに、

「——人の影、走り去るのを見ましたよ」

「——えっ、蹴り落とされた⁉　投げ込まれた⁉」

言う女や男がいた。

小間物の行商人も、そのなかの一人である。

言った。

「――そんなら、あいつらだ。三人、若いやつらでしたよ。二本差で、武家地のほうへ走って」

それらの声は当然、伏見屋の清助、お駒夫婦の耳にも入る。

幾月か経て、町場にうわさがながれて来た。武家地に出入りしている行商人たちがもたらしたのである。

――部屋住《へやずみ》の不逞《ふてい》な若者が三人ばかり、町場で幼い女童を連れ去ろうとして騒がれ、沼に投げ込んで逃げ帰ったた
ようすは想像できる。最初から〝伏見屋のお清〟を狙った、身代金《みのしろきん》目当ての拐《かどわ》かしでないことは明らかだ。夏の夕刻近く、人目のない沼のほとりで、六歳の町場の女童がたまたま不逞な三人組の目にとまった……。それが原因であろう。

その三人は誰か。

右善は奔走した。

それらしい三人とすれ違ったと語った小間物の行商人は、

「――ただすれ違っただけで、顔は見ておりやせん。これ以上はご勘弁を」

他の行商人らも、

「――へえ、奉公人のお方らから聞いただけで、それがどのお屋敷かは……」

「――ただ、そんなことがあったらしいということだけでして、はあ」

と、応えはあいまいだった。

部屋住とは武家の次男、三男で家督は継げず、他に生きる道を見つけない限り、家督を継いだ兄に養われ、つぎには兄の子、つまり甥《おい》に養われなければ生きて行けない憐れな身分である。好んで武家の次男、三男に生まれたわけではないが、そこが数百石という微禄の屋敷ではお荷物となり、まさしく喰うだけでなんの役にも立たない穀《ごく》潰《つぶ》しとして一生を終えなければならない。

それらのなかには、みずからの道を切り拓《ひら》こうとするより、自暴自棄に陥《おちい》る者も少なくない。

だから不逞を働いた者が武家の次男、三男となれば、それだけで、

「――やはり」

と、諸人は納得する。しかし六歳のお清は、拐かされようとして大声を上げ、沼に投げ捨てられ命を絶ったのである。

(――非道《ひで》え、許せねえぜ)

町方である右善の憤慨は極に達していた。

行商人たちへの聞き込みから、範囲は当初から狭《せば》めていた。お玉ケ池の武家地である。そのなかで二十歳前後の次三男がいる屋敷となれば、さらに数は限定される。

内神田の貸本屋に話をつけ、外商《そとあきな》いの貸本屋を拵《こしら》え、みずから武家地に乗りこもうとした。

与力から待ったがかかった。おそらく奉行から下知《げじ》があったのだろう。

「――武家地には係り合うな。手を引け」

予測はしていた。支配違いである。

旗本支配は、江戸城内の目付の役務《やくむ》である。町方である奉行所の手出しできるところではない。

もとより右善は、走り去った三人が二本差だったと聞いたときから、

（――捕縛《ほばく》はできねえ）

ことは承知していた。

だが、不逞の三人を特定して公《おおやけ》にすれば、

（――それぞれの屋敷が処断するだろう）

と、そこに期待を寄せた。そうなれば、伏見屋夫婦もお玉ケ池の町場の衆も、

(——いくらかは溜飲《りゅういん》を下げることができるだろう)

そう思ったのである。

だが隠密廻り同心といえど、奉行所に禄《ろく》を食《は》む身である。下知に背《そむ》くことはできない。

(——許せ)

右善は独《ひと》り、お玉ケ池の町場に詫《わ》びた。

内心忸怩《じくじ》たる思いのまま、数年が過ぎた。

それが去年の夏場である。

常盤橋《ときわばし》御門内の北町奉行所で、各事案の留書《とどめがき》をまとめていた右善の許《もと》に、驚愕すべき事件か、それとも事故の報《しら》せがもたらされた。

「——なに!」

思わず右善は筆を手にしたまま、文机《ふづくえ》の前に立った。

朝早く、お玉ケ池の沼に若い武士の水死体が上がり、町方が駈けつけたとき、すでに武家地から急ぎ出て来た人数によって運び去られたというのである。

報せたなかに、岡っ引の藤次もいた。

右善は文机をそのままに、奉行所を飛び出そうとした。

「――よしなせえ、むだなことを」

年の功か藤次は右善を押しとどめ、奉行所の同輩たちも、

「――児島さん、死体は武士だ。調べてなんになる」

と、引き止めた。

親しい者は右善の袖をつかんだ。

「――右善さん。来年は隠居して家督をご子息に譲ると言っておったではないか。あとわずかというのに、お奉行からお叱りを受けるようなことをすれば、あとを継がれるご子息に障《さわ》りますぞ」

右善は肯《き》かざるを得なかった。このころすでに隠居を考え、家督をせがれの善之助《ぜんのすけ》に譲り、奉行所へ出仕させる用意を進めていたのだ。

同輩たちが右善を引き止めたのは、死体が武士であり町方の出る幕はないということだけではなかった。お玉ケ池の自身番より報せを受けたときから、四年前のお清の溺死〝事故〟を知っている者には、〝事件〟の一報を聞くなりおよそ仕掛けた者の見当はついた。武士が溺死した沼は、お清が死体となって浮いた場所だったのだ。事件として探索を進めれば、その者を挙げることができたかもしれない。

だが、それで一件落着とならないことは、四年前の〝事件〟を知っている者には想像できた。標的は、三人であるはずなのだ。

町場に住むその者を引き挙げたなら、あとどうなる。

右善はおそらく仇討ちか、それともその者の意志を継ぐ思いで、一度は奉行から探索停止令《ちょうじれい》の出た武家地に、あらためて貸本屋を扮《こしら》えて入りこみ、町奉行所と目付の軋轢《あつれき》を生む原因をつくることになるだろう。

その日、

「——うむむむっ」

と、隠密廻り同心の児島右善は、常盤橋御門内の北町奉行所から一歩も外に出ることができなかった。

だが、岡っ引の藤次が来ている。藤次は常に右善の目となり耳となっている。同心詰所《つめしょ》で話した。

「——事件はきのうの夕刻だったというが、おめえ、いつ知った」

「——面目ありやせん。きょうでして」

発生がきのうの夕刻とあっては、無理からぬことであろう。

藤次は言った。

「――遅ればせながら、現場にも界隈の自身番にも行きやした。その侍《さむれえ》が落ちたという沼は、へい、お清のときとまったくおなじでやした」

「――ふむ。そこできのうの夜、水に落ちたか」

右善は言いながら身を乗り出した。

藤次はつづけた。

「――一日を経ていりゃあ、普段とまったく変わりはありやせんでした。近所で訊いても、なにも知らねえ、見ていねえ、と。ありゃあきっと、知っていても知らねえふりをしているだけでさあ」

住人が意図的にそうしているなら、聞き込みを入れるのはすこぶる困難となる。

「――もちろん、界隈の自身番もまわりやした」

お玉ケ池界隈でその沼に近い町場といえば、伏見屋のある松枝町か小泉町《こいずみちょう》か岩本町《いわもとちょう》となる。町場の者によって引き上げられた水死体はけさがた、小泉町の自身番に運ばれていた。藤次はそこに聞き込みを入れた。自身番は町奉行所支配であり、その点では訊きやすかった。

「――そのとき詰めていた町役《ちょうやく》やその代理たちは言うんでさあ。死体が自身番に運びこまれてからすぐだった、と。奉行所の手が入るよりも早く武家地から人数が出て、大八車まで用意していたとか。奪うようにその死体を運び去った、と」

武士にとって溺れ死ぬなど、恥以外のなにものでもない。溺死の醜態《しゅうたい》を町場にさらしておくなどできることではない。知らせを受け、心当たりのある屋敷がすぐさま人数をくり出したのだろう。

「──自身番じゃ、検死もできなかったのかい」

右善は問いを入れた。

自身番には常に、その町の大店《おおだな》のあるじや地主たちで構成される町役が詰める定《さだ》めになっているが、番頭や手代が代理で詰める場合が多い。いずれにしろ商いには長《た》けていても、探索には素人である。検死や身許調べなど、奉行所から役人が来るのを待たねばならない。

「──ただ、若い侍だった、と。それ以外のことはなにも……。せめて死体のどこかに刃物傷があったかどうかくれえは見ておいて欲しかったのでやすが」

「──まあ、仕方あるめえ。自身番に詰めているのは素人さんたちだ。武家屋敷の動きも、それだけ迅速だったのだろう。まあ、あの土地のお人らは、名誉だの体面だのには動きが速《はえ》えからなあ」

「──まったくで」

と、それでも藤次は申しわけなさそうに返した。

実際、右善と藤次が予測したように、武家地の動きは速かった。しかも、そこに見られた光景も右善と藤次が、

「――おそらく……」

と、語り合い、推測したとおりのことが展開されていた。

けさ早く、近くの沼に若い武士の水死体が上がったと武家地に知らせたのは、朝の早い豆腐屋だった。昨夜家人が帰らず、心配していた屋敷はすかさず小泉町の自身番に人数を出し、死体を引き取った。自身番にしても、町の住人ではないホトケを預かるなど、気味が悪く迷惑なことである。

「――存じ寄りの者だ」

と言う武家屋敷の者に、自身番はさっさと死体を引き渡した。

報せを受けた北町奉行所からは、定町廻り同心が出向いた。ところが死体はすでになく、武家地の者が持ち去ったと町役から聞かされ、厄介《やっかい》を免れたとむしろ安堵の思いで奉行所に引き揚げた。

藤次が駈けつけたのは、定町廻り同心が帰った直後だった。

死体を引き取った武家屋敷では、間違いなく自家の二十歳を過ぎた次男坊であるこ

とを確認した。屋敷では〝病により急死〟との手続きの用意に入った。

その屋敷に駈けつけた若侍が二人いた。ホトケの遊び仲間で、年齢もほとんどおなじの次男坊である。二人は死体を見て、思わず顔を見合わせた。苦痛に歪《ゆが》んだ顔だけでなく、頸筋《くびすじ》に鋭利な刃物か錐《きり》のようなもので刺された痕《あと》があるのも確認した。首のうしろの部分であれば、あるいは簪《かんざし》の柄《え》かもしれない。

ホトケの母親が、二人にそっと言った。

「――このことは、ご内聞《ないぶん》に」

二人ともあらためて顔を見合わせ、無言でうなずいた。


数日後である。

奉行所は武家のこととして、なんら手をつけていない。

だが藤次は聞き込みをつづけ、奉行所の同心詰所で右善に報告した。

「――小泉町や松枝町で、おもしれえうわさが立っておりやすぜ。あの武家地の若侍め、足を沼地にすべらせたんじゃねえ。お玉さんならず、お清ちゃんに足をつかまれ引きずり込まれたんだって」

「――ほう、お清の霊にか。それじゃなにかい、あとの二人も危ねえってか」

「――そのとおりで。あの町のお人ら、数日前の若侍《めえ》さあ、誰が仕掛けたか、知っている人もいるってことじゃねえですかい。その人らが仕掛けた者をかばうために、そんなうわさをながしているってことも考えられまさあ。もちろん場所が場所だけに、誰いうともなくながれ出したってこともありやしょうがね」

「――おそらく、その両方だろう。なあ、藤次よ」

「――へえ」

「――儂《わし》も気はつけておくが、おめえも深追いはよしねえ」

「――そうおっしゃると思っておりやした。したが、気だけはつけておきまさあ」

と、それからもうわさだけは、住人のあいだにながれつづけた。

当然それは、行商人や町場へ遣《つか》いに出た奉公人らによって、武家地にもながれていることだろう。あの次男坊たちの耳にも入ったか、二人がふらりと町場に出ることはなくなっていた。

やがてその夏は終わり、秋となって冬がすぎ、春になった。

右善は家督をせがれの善之助にゆずり、八丁堀の組屋敷を出て湯島の竜尾の鍼灸療治処の離れに入った。

お玉ケ池に、事件も事故もなかった。もちろん右善は、去年の若侍の水死どころか五年前のお清の死も忘れたわけではない。

同心の任を離れるとき、

(――お清の両親《ふたおや》、伏見屋の清助とお駒は、三人のうちの一人に一矢報《いっしむく》いたことで、あとは堪《こら》えてくれたか。許せ、奉行所のふがいなさを)

思ったものである。

それがこの年の大晦日、きょうである。患家の上州屋平吾郎が急に腰を痛め、向かいの荒物商いの日々屋太兵衛が夜中にわざわざ訪ねて来て、

「――上州屋さんを救ってくだされ」

などと言う。聞けば、お玉ケ池の厄除け講がからんでいた。

驚きであった。

だから〝もう一度、やってみるか〟なのだ。お玉ケ池への探索である。

母屋では竜尾も留造、お定も、もう寝ていようか。

(あしたは正月か。藤次を呼ぶのはあさっての二日になるかのう)

と、このときはまだのんびりと構えていられた。

藤次はいま、せがれの善之助の岡っ引になっている。右善が隠居するとき、藤次は

自分もそうしたいと言ったのだが、

「――せがれが心配だ。面倒をみてやってくれんか」

と、頼んで善之助の岡っ引につけたのだった。

いずれの寺か、除夜の鐘が聞こえて来た。

「おっと、とうとう一年が終わったか。いや、始まったのだなあ」

つぶやき、手あぶりの炭火に深く灰をかぶせ、蒲団を敷いた。

五

夜が明けた。

湯島など明神下界隈では、暗いうちから神田明神にお参りし山門前から初日の出を拝む人がけっこういる。

権三と助八もそのようなことを言っていたが、昨夜は療治処で中途半端に飲み、残りを長屋に持ち帰ってじっくり飲んだので、初日の出のころはまだ白川夜船《しらかわよふね》のまっ最中だった。

療治処ではさすがに日の出のころには右善も起きていた。昨夜は除夜の鐘を聞きながら床についたのだが、元旦とあっては眠気を払拭《ふっしょく》していた。

正月行事は武家と違って町家では、ともかくなにもない。日常と異なるのは定番の屠蘇《とそ》に雑煮《ぞうに》の載った祝い膳くらいのもので、それもきわめて簡素なものである。

午《ひる》ごろになると、子供たちが人通りのない通りに出て存分に凧揚《たこあ》げなどをし、女の子はゆったりと場所をとって羽根つきなどをしはじめる。この長閑《のどか》さが、町場の春気分なのだ。

この日は留造も冠木門は開けず、潜り戸の小桟《こざる》だけを上げ、外からでも開けられるようにしておいた。

留造とお定もまじえ、きのうの慌ただしさがなかったかのように、母屋の居間で四人は祝い膳についた。

この家のあるじは竜尾である。

「それでは皆さん、今年もよろしゅう」

と、竜尾が盃を取り、

「儂のほうこそ」

と、右善もそれにつづいた。右善にとっては、竜尾の療治処で初めて迎える正月である。

留造もお定もそれぞれに盃を手にしている。この二人には昨夜のうちに竜尾が日々屋太兵衛が嘆願した内容、右善の語った五年前というより一日違いでもう六年前となったお清の話をしていた。留造もお定もお玉ケ池の事件は知っており、お定などはうわさを聞いたときを思い起こしたか、

「——許せませんよ！　あれはっ」

と、あらためて憤慨していた。

お屠蘇でのどを湿らせ、年寄りがのどに詰めないように小さく切った雑煮を口に運び、話題はやはりお玉ケ池の厄除け講になった。もとより留造もお定も、上州屋平吾郎の不意の腰痛が、お清の祟りだなどと信じるものではない。

「なんならお師匠、きょうこれから上州屋さんへ往診に行きますか。わしが薬籠持しますじゃよ」

留造は言ったものである。

右善がたしなめるように言った。

「だから行くのはあしただ。年始の挨拶まわりを装《よそお》ってな。誰も正月早々の往診などとは思うまい。上州屋にはなあ、往診であってはならんのだ」

その二日が来た。

町場では朝から往還に年始の挨拶まわりの人々が出はじめ、商家では初荷がこの日に入る。

陽が昇ってから間もなくだった。

「へい、参《めえ》りやした。初仕事でございやす」

「それがお師匠たあ、嬉しいですぜ」

八の字に開けられたばかりの冠木門を、三八駕籠が入って来た。

竜尾も右善もすでに用意を整え、権三と助八が来るのを待っていた。

玄関から出て来た右善に、

「あんれ旦那、その格好は」

「えっ、お師匠まで」

と、目を丸くした。

右善は羽織袴に両刀を帯び、塗り笠をかぶり、小脇に抱えた薬籠は風呂敷包みにしている。お祝いの品でも抱えているように見える。

竜尾も晴れ着で胸の合わせには懐剣《かいけん》を帯び、どこから見ても武家のきりりと美しい内儀である。

駕籠が冠木門を出た。

留造とお定が門の外まで出て見送った。きのうから留造が薬籠持について行きたがったが、きょうの上州屋への往診には特別の意味があるとあっては、やはり右善でなければならない。竜尾からも諭《さと》され、お定と一緒に冠木門の外まで出て見送りの側にまわったのだった。

駕籠が枝道から湯島の通りに出た。いずれの商舗《みせ》もすでに暖簾《のれん》を出している。町全体が華やいで見えるのは、年礼《ねんれい》に着飾った諸人《もろびと》が出歩いているからであろう。行き交う大八車も、初荷の幟旗《のぼりばた》を立てている。

権三と助八のかけ声とともに駕籠が上州屋の前《ま》に着いたとき、まっさきに出て来たのは上州屋の番頭や手代よりも、向かいの日々屋のあるじ太兵衛だった。正月らしく羽織袴を着こんでいた。

両刀を帯びた右善に言った。

「まだ平吾郎さんにもご新造《しんぞ》のお栄さんにも話しておりません。きょうの具合さえよければ、私の口から話したいのですが」

お清の祟りの件である。おそらくきのう一日、太兵衛は平吾郎かお栄に、かようなことを覚然さまが言っておりましたぞ、はね返しなされ、と言いたいのを堪《こら》え、うずうずしていたことだろう。だが平吾郎の容態が悪ければ、それこそお清の祟りになってしまい、正月早々から講金流用のうわさまでながれ出しかねない。はね返すも返さないも、すべては平吾郎の容態にかかっているのだ。

駕籠から降り立った竜尾は言った。

「心配ご無用です。わたくしにお任せください」

「なんならそなたも一緒に来てはどうか。きっとその場で話してもいいことになると思うが」

右善がつづけて言った。

太兵衛は遠慮するよりも、その言葉を待っていたように、

「はい、そうさせていただければ」

権三と助八は祟りの話をまだ聞いていない。三人が交わしている言葉の意味がわからず、きょとんとした顔になっていた。

上州屋の暖簾から番頭が飛び出て来て、

「お待ちしておりました。さあ、中へ」

と、腰を折った。

太兵衛が遠慮することなく、

「番頭さん。私も平吾郎さんが心配なのです。見舞いがてら、ご一緒させていただきます。平吾郎さんと話もありましてな」

「うむ、それがいい」

右善が応じ、竜尾もうなずいたのへ、上州屋の番頭はお向かいさんとの日ごろのつき合いからであろう、

「なんの話か存じませぬが、日々屋の旦那さまが来てくだされば、上州《うち》屋《ち》のあるじもきっとよろこびましょう」

と、太兵衛にも奥へ案内する仕草を示した。

ますますわからないといった表情の権三と助八は、出て来た女中に大晦日とおなじように裏手の台所に案内された。

日々屋もそうだが、上州屋もすでに日常の営業に入っている。

店場では手代が腰を折り、

「いますぐ出て参りますので」

言うのと同時に、帳場から奥の廊下に通じる暖簾にお栄が顔を出し、

「これはこれはお師匠《しょ》さんに右善さま。えっ、日々屋さんまで」

晴れ着姿の竜尾と二本差に羽織袴の右善のいで立ちに驚き、向かいの太兵衛まで一

緒なのに目を丸くし、

「これは日々屋の旦那さま、まだお年始の挨拶もしていないところ」

「これこれ、ご内儀。挨拶はあとだ。それよりご亭主の具合はいかがか」

「は、はい。それはもう、おかげさまで」

お栄は武家姿の右善に言われ恐縮の態《てい》になり、三人を奥へいざなった。

さきほどの番頭にも手代にも、さらにお栄にも大晦日の夜のような切羽詰まったようすはなく、正月らしく晴れやかな雰囲気に見える。

風呂敷に包んだ薬籠を小脇に右善は、うしろにつづく太兵衛に、

「どうだ、話してもよさそうではないか」

「はい、そのようで」

低い声で交わした。

部屋に入ると、実際そのとおりだった。患者の平吾郎は寝こんでいるのではなく、注意したとおり部屋を暖かくし、長火鉢を前にあぐらを組んでいた。竜尾たちが来たので足を端座に組み替えようとするのへ、

「あ、そのままに。端座は足腰の気血の流れを悪《わる》うしますから」

「いや、まあ、しかし」

と、竜尾に言われ、戸惑いながらも平吾郎はお栄とおなじように、竜尾と右善の装いに驚いた表情をしていた。

それを察した右善は言った。

「あはは、平吾郎さん。仔細はあとで話すゆえ、まずは療治を」

と、部屋には竜尾と右善が残り、

「お栄さん、ちょいと話が」

と、日々屋太兵衛とお栄は別間に移った。この分なら療治後に竜尾からようすを聞くまでもなく、話してもよいだろうと太兵衛は判断したようだ。

療治は小半刻（およそ三十分）で終わった。すでに痛みはなく、症状といえば立ったときに腰がいくらか前かがみになる程度だが、出歩けば急に老けたようにぎこちなく見えるだろう。それの完治も時間の問題のようだ。

「さあ、平吾郎旦那。あとしばらくこの部屋でおとなしく養生し、きょうあすは外に出歩くのはひかえなされ。年始の挨拶を受けるのに、帳場に出る分には差しつかえありません」

竜尾は言い、

「ですが、ご来客にはあくまで通常を装い、腰を痛めたなど覚《さと》られませぬように」

つけ加えた。

その言葉に平吾郎は瞬時、

「えっ」

と、不自然さを感じたようだった。

別間では太兵衛とお栄が茶の盆をはさみ、対座していた。二人とも深刻な表情だった。太兵衛が、

「あやかしならず、まったくのまやかし、とは思うのですが、実は去年、いえ、先月でした……」

と、お清の祟りと講金の話をしたのだ。

「そんな無体《むたい》な！」

お栄は絶句し、

「平吾郎がおととい腰を痛めたのは……」

「わかっております。竜尾師匠から聞きました。不自然な姿勢で重い物を持ち上げようとしなさったとか。でしょうが、世間の目があります。どのように解釈されるかわかりません」

「あっ、それでお師匠さんも右善さまも、あのようなお年始参りのいで立ちで」

「はい、そうなのです。ですからきょうは往診などではなく、あくまでも年始の挨拶ということでして」

「まあ、そこまでお気遣いを！」

こんどは竜尾と右善の心遣いにお栄は声を上げ、

「覚然さま、いえ、覚然め、許せません！」

ふたたび絶句の態となった。

そのお栄と太兵衛が居間に戻った。

療治が終わったところである。

鍼を打ってもらい、機嫌よさそうにしていた平吾郎は、興奮したようすで部屋に戻って来たお栄に首をかしげ、

「どうした」

「どうもこうもありませぬ。おまえさま、いますぐ厄除け講を抜けましょう！」

「ご内儀、そういきり立たず、まずはご亭主にも」

右善は太兵衛がお栄に事情を説明したことを覚り、やわらかくたしなめ、

「実は、おまえさま！」

お栄は話した。

しだいに表情を険《けわ》しくしながら聞き終えた平吾郎は、

「なんと理不尽な！」

思わず松枝町の覚然の祈禱所に乗りこもうとしたのか、腰を上げかけた。痛まなかったが竜尾が、

「それそれ、それがいけませぬ」

たしなめられ、腰をもとに戻した平吾郎に右善が、

「お栄さんも太兵衛さんも聞いてくれ。実はこの話にはなあ……」

と、六年前のお清の溺死から二年前の若侍の怪死までを語った。平吾郎もお栄も太兵衛も、若侍の死が〝お清の祟り〟らしいとのうわさは知っていた。それもそのはずで、お玉ケ池の厄除け講ができたのは、お清の一件があったからなのだ。

それらのいずれもが人の死に係り合っていることに、お栄は震え上がった。

「いやいや、お栄さん。心配には及ばんよ。お清の溺死も若侍の怪死も、人の手が加わっていることは確かだ。悪霊だの祟りなどといったものではない」

右善は語り、ともかく平吾郎の不意の腰痛は、外には伏せることにした。竜尾の療治は、それを可能にするものであった。ともかくお玉ケ池界隈の措置は右善に任せることとし、上州屋も日々屋も素知らぬふりをしてお玉ケ池の厄除け講をつづけること

とした。もちろん平吾郎は悔しそうだった。だが右善は言った。

「なあに、覚然め。なにも上州屋を標的にしたのではあるまい。誰でもよい、難癖をつけ、お祓いをして大枚の祈禱料をせしめたいのだろう。そこへおといい、たまたま平吾郎さんが重い物を持ち上げようとして腰を痛めたまでのこと。悪霊や祟りなどとはいっさい無縁だわい」

この言葉に、お栄は表情に安堵の色を取り戻したようだ。

話を終え、権三と助八がふたたび玄関前に呼ばれたのは、すでに午《ひる》に近い時分となっていた。

この日、正月二日とあってか、午前《ひるまえ》であったが待合部屋に待っている者はいなかった。竜尾の療治処は午前は外来の患者を診て、午後は患家まわりにあてている。その意味からも、きょうの上州屋まわりは特例だった。

「いってえ、なんなんですかい。お師匠や旦那のいで立ちといい、上州屋だけで帰《けえ》って来て、しかもお向かいの日々屋の旦那がお出迎えだったたあ」

「台所で女中さんに訊いたが、首をかしげていやしたぜ」

権三と助八は居間まで上がりこみ、しきりに訊いた。

右善は、

「おめえらも知っておいたほうがよかろう。じゃが、口外はならねえぞ」

前置きし、祟りがどうの講金がどうだなどと不穏当なことを覚然が口にしたのと、上州屋平吾郎が腰を痛めたのとが、

「たまたま重なってのう」

と、きょうの奇妙な往診に至ったことを語った。

権三も助八も得心した。二人の口から洩れる心配はない。それに二人ともお清と若侍の件も覚えており、〃お清の祟り〃のうわさも幾度か耳にしていた。

「そりゃあ上州屋さん、危ないところだった」

「お清の祟りってのは、ほんとうはどうなんですかい」

と、二人とも興味を示した。

右善は応えた。

「それをおめえらに頼みてえ。お玉ケ池界隈をながし、それらしいうわさを聞いたなら知らせてくれ」

「がってん」

「承知でさあ」

二人はあらためて新年の闘志を漲《みなぎ》らせたようだ。

六

午後は患家まわりだが、午前に大事な一軒をすませている。この日、午後の往診の予定はなかった。だが、気になる患家は幾軒かある。そこをまわることにした。薬籠持には留造がついた。いずれも明神下の界隈で、歩いて行ける範囲である。

権三と助八はさっそくお玉ケ池に出向き、一帯をながしていようか。駕籠舁き仲間には町々に一膳飯屋など溜り場があり、そこへ行けば常に同業が幾組かたむろしていて、あちこちのうわさが入って来る。ときには右善が驚くような話を持ち帰って来ることもある。

右善は療治処に残ったが、暇《ひま》なわけではない。庭に面した療治部屋で薬草を調合したり、薬草学の書籍に目を通したり、あるいは自分の足や腕を稽古台に鍼を打ったりする。だから右善が一人のとき、留造もお定も療治部屋に寄りつかない。肩は凝っていないか、足にむくみはないかなどと迫るからだ。打たれると、ことさらに痛い。

「――痛いのは効いている証拠だ」

などと右善は言うが、そうでもなさそうだ。竜尾はいつも、

「――寸分でも経穴《つぼ》を外すと、痛みがあるだけです」

と、言っている。どうやら右善の鍼はまだ、痛いだけのようだ。いまもお定がいるが、一度お茶を持って来ただけで奥に引きこもり、あとは出て来ない。元辣腕の隠密廻り同心も、この道ではまだまだ信用がないようだ。

「痛《いて》っ」

声を上げた。自分の足に打っていたのだ。

陽がいくらか西の空にかたむいたころ、竜尾と留造が帰って来た。岡っ引の藤次が一緒だった。庭に面した縁側から明かり取りの障子を開け、

「とくに用があるってわけじゃねえんでやすがね、ちょいと年始の挨拶にとこちらへ足を向けると、途中で師匠と留造さんにばったりでさあ。いやあ、犬も歩けばってやつでしたぜ」

言いながら座りこんだ。途中、竜尾からきょう小柳町の上州屋へ行った話を聞いたようだ。お清の事故ならず事件のとき、右善はまだ現役で藤次とともに悔しい思いをし、若侍のときには顔を見合わせ、探索を打ち切ることにホッとするとともに、釈然

としないものを胸に秘めたものである。それらの思いを、右善と藤次はまだ共有したままである。

「おう、いいところへ来た。こっちからつなぎを取りてえと思ってたところだ」

「へへ、そう来なくっちゃ大旦那らしくありやせんや」

と、これが年始の挨拶になり、そのまま事件の話に入った。

藤次はいまは右善を大旦那と称《よ》び、善之助を旦那と呼んで区別をつけている。

ようやくお定が療治部屋に顔を出した。お茶を運んで来たのだが、

「わたくしもお仲間に入れてくださいな」

と、竜尾も一緒だった。

上州屋平吾郎があらぬうわさに包まれないよう、手を尽くしたのは竜尾なのだ。療治部屋で三人は三《み》ツ鼎《がなえ》に座を取った。

藤次は大晦日からきょう二日までの経緯《いきさつ》を聞き、

「やはりそうでしたかい。あの覚然という山伏め、端《はな》から胡散臭《うさんくさ》いやつと思っていやしたが、こんどはなにを企んでいやがる。お清の霊を担ぎ出すなど、性質《たち》が悪《わる》うござんすぜ」

と、憤慨したものの、さすがは老練な岡っ引である。つづけて言った。

「それよりも大旦那、それこそお清の霊に、お玉ケ池の沼へ引きこまれた若侍の件でさあ。あのあとご子息の善之助さまについてからも、それとなく松枝町の伏見屋に気を配っていやすが、放っておけばまた起こりやすぜ。なにしろお清をあの世の霊にしやがったのは三人でさあ。あっしがお清の親なら、一人くれえ葬《ほうむ》っても気は収まりやせんぜ」

「わたくし、子を持ったことはありませんが、親心はわかります。おそらく藤次さんがおっしゃるとおりだと思います」

竜尾があとをつづけた。藤次も竜尾も、若侍に仕掛けたのは伏見屋夫婦と断定して話をしている。もちろん右善も、そう思っている。

藤次はさらに言った。

「大旦那があっしにつなぎを取りてえとおっしゃったのも、そのことじゃございませんかい。伏見屋夫婦は、きっとあのときの三人を割り出しているに違《ちげ》えありやせん。どうやって割り出したか……お清の霊が導いた？　それはともかく、大旦那。もしも二人目を失策《しくじ》ったなら、善之助さまが伏見屋をお縄にしなきゃならねえんですぜ。もちろんあっしも捕縛に合力《ごうりき》しなきゃならねえ」

「藤次、おめえ、なにが言いてえんだ」

療治部屋がいつになく御用の件で、緊迫した状況になった。

藤次は返した。

「だから、大旦那が決めてくだせえ。善之助さまに、そんな酷《こく》な仕事、させていいんですかい」

「うーむむ」

右善はうなり、言った。

「伏見屋はとっくにその三人に目串《めぐし》を刺しているのだろうが、こっちはおめえも知ってのとおり、一人もわからねえうちに手を引いたんだぜ。伏見屋のほうが、儂らより二歩も三歩も前《めえ》を行ってらあ。それでどうやってあと二回の仕掛けを抑《おさ》えこめる」

「大旦那らしくもねえ。伏見屋がどうやってお清を殺《や》った三人を割り出したか、それを探りゃいいじゃねえですかい。そこに伏見屋の手口も見えて来まさあ」

「儂はもう、隠居なんだぞ」

まったく右善らしくないことを言った。

二人の応酬《やりとり》を凝《じ》っと聞いた竜尾が、不意に喙《くち》を容《い》れた。

「松枝町の伏見屋さんというのは、たしか扇子屋《せんすや》さんでしたねえ。お二人とも、その伏見屋さんに罪を重ねさせてはならないとおっしゃってるのでしょう」

イザとなれば、女のほうが現実的なことを口にするようだ。

「そう、そうだが」

右善は返した。

さらに竜尾は言った。

「扇子屋さんなら、女のわたくしのほうが入りやすうございますねえ」

「そう、そのようで」

藤次が応じた。

外は日の入り間近になったか、明かり取りの障子が朱色に染まっている。

奥からお定の声が聞こえた。

「夕餉《ゆうげ》の用意ができましたが。藤次さんの膳も」

竜尾にうながされ、藤次も腰を上げた。竜尾に奥へいざなわれながら、右善も藤次も落ち着いた気分にはなれなかった。こうしているあいだにも、伏見屋では清助とお駒が、次なる仇討ちを着々と算段しているかもしれない。町人に仇討ちは認められておらず、それは単なる人殺しとなるのだ。

二 見えぬ動き

一

この日、天明八年となって四日目だった。武家はともかく、町場での日々の営《いとな》みは通常に戻っている。

午《ひる》を過ぎ、陽はすでに西の空にかたむきかけている。

きのうの往診には薬籠持に留造がついたが、きょうは右善だった。まわる患家が神田川を越えた内神田で、そのなかに小柳町の上州屋があったからだ。上州屋を往診するには、やはり薬籠持は右善でなければならない。そのいで立ちはもちろん、絞り袴に筒袖を着こみ、腰には長尺の苦無《くない》を提げていた。二日前の羽織袴に二本差は特例中の特例だった。

いま上州屋の奥の部屋に竜尾と右善は上がり、向かいの日々屋から太兵衛も来ていた。療治が終わり、新造のお栄も部屋に同座している。

さいわい平吾郎が腰を痛め七転八倒したのが大晦日の夕刻近くで、駈けつけた竜尾の処置が効き、三ケ日《さんがにち》も他人《ひと》に腰を患《わずら》ったことを覚《さと》られず、覚然《かくねん》が言ったお清の祟りだ呪いだのといったうわさが立つことはなかった。もちろん、厄除け講の講金を流用したとの濡《ぬ》れ衣《ぎぬ》もかぶらずにすんだ。

きょうの診立《みた》ても当人のようすからも、具合はさらによくなっており、もう外に出歩いても腰を痛めたなど他人に気づかれず、祟りや呪いのうわさからさらに縁遠いものとなっていた。

そうした療治を終えたあとの話題は、当然ながらお玉ケ池の厄除け講となる。だが話し合われる内容は、

「おまえさま、ようございましたなあ。湯島のお師匠《しょ》さんに来てもらって」

「そのとおりです。一時は死ぬかと思いました。それがお清の祟りだの呪いだのと、許せません」

と、上州屋夫婦の安堵と憤りを踏み台とし、

「ともかくそのようなうわさが立とうとすれば、一つひとつ潰《つぶ》していかねばなりませ

ぬ」

　と、竜尾が言うように、覚然の言葉にどう対応するかに移っていた。だから日々屋の太兵衛も出向いて来ていたのだ。

　お栄が一同へ問うように言った。

「覚然さまは、どうしてそのような怖ろしいことを」

「あのようないかがわしい山伏に〝さま〟などつけることはないっ」

　平吾郎が一喝するように言い、太兵衛がつないだ。

「そうですよ。行衣《ぎょうえ》を着て呪いだの祟りなどとうわさをながし、人を陥《おとしい》れようとしているのですから」

「それがなぜ私に……、まさか」

　言いながら平吾郎は腰をさすった。顔が瞬時、蒼ざめた。やはり、神仏への畏敬の念があれば、衆生《しゅじょう》の一人として恐怖を感じざるを得ないのか。

　竜尾がすかさず言った。

「ですから、鍼は神業ではありません。人間の手で打つものです。それで回復に向かったということは、そこに怪しげな力など潜《ひそ》んでいなかった証《あかし》ではありませんか。もし潜んでいたならわたくしの手元が狂い、右善どのが打つよりも痛く、効能もあらわれなかったかもしれませぬ。ほほほ」

「これこれ、さようなところに儂《わし》を引合いに出されたのでは困りますぞ。したが、そのとおりだ。つまり、覚然が祈禱料を稼ごうと、こたびのような〝霊〟を悪用した人騒がせなことを考えついたのだと。なるほどいまなら風邪をこじらせ、寝こむ者が出てもおかしくはない。年末年始の慌ただしさで階段を踏み外し、足の骨を折る者も出ようかのう。これはたとえばだが、そのたとえのなかに、たまたま平吾郎どのが入っていた。ただそれだけのことだ。なんなら、いまここで儂が鍼を打って進ぜようか。あははは」

「そ、それればかりはご勘弁を」

平吾郎が顔の前で手の平を派手に振り、座に笑いが洩れ、なごやかな雰囲気となった。わずかに見られる平吾郎の懸念を払拭しようと、竜尾は故意に右善を引合いに出したようだ。右善も承知でそれに乗った。

お栄も応じた。

「なんですか、お師匠《しょ》さんも右善さまも。冗談ではありません。ともかくわずかの不注意から生じたことを信心不足だなどと。しかもそこに講金流用の疑いまでかぶせようとするなど、まったく許せません」

座にふたたび深刻さが戻り、右善がその雰囲気のなかに言った。

「儂の鍼はともかく、覚然がなぜこの時期にお清の祟りか呪いか知らんが、そんなものを持ち出したかだ。単に祈禱料をせしめようとするだけならよいが、ほかに思惑でもあれば、ちと厄介じゃでなあ。そなたらも知っているだろう。去年、いや、数字の上ではもう二年前になるか、お玉ケ池の武家地の若侍が、お清の霊に沼へ引きこまれたって話さ」

「知っていますよ。お清ちゃんの霊に、そう、あれは間違いなくお清ちゃんの霊が水の中から手を出し、あのお侍の足をつかんだのです」

お栄が断定する口調で返した。亭主が腰を痛めたのには端《はな》からあやかしを排除していたが、若侍の溺死にはことさらに〝お清の霊〟を強調する。まるで松枝町《まつがえちょう》や小泉町界隈の住人とおなじように、誰が仕掛けたかを知っているかのようである。それもおそらく、お玉ケ池のほうからながれて来たうわさによるものであろう。町場の住人すべてで、仕掛けた者をかばっているのだ。

太兵衛が右善に視線を向けた。

「それが、こたびの覚然のまやかしと、なにか係《かか》り合《お》うておりますのか」

すでに太兵衛も、覚然には〝さま〟も〝どの〟もつけていない。

右善は応えた。

「いや、係り合うているかどうかはまだわからん。ともかく、若侍の溺死をお清の怨念だとするのは、人の情念からも無理からぬことだ。こたびの新たなうわさは、そこに覚然がうまく乗っただけとも考えられる」

「私も、そう思いとうございます」

また平吾郎が腰をさすりながら言った。

縁側の明かり取りの障子が、昼間の明るさを失うのとともに、わずかながら朱《あか》みを帯びはじめている。

さきほどから竜尾は内心、落ち着かなかった。

きょう右善が薬籠持についたのは、往診の一軒が上州屋だからというのみではなかった。最後に上州屋へ行き、その帰りに松枝町に足を伸ばし、扇子の客を装って伏見屋をちょいとのぞき、清助とお駒夫婦のようすを探ってみようと思っているのだ。まえの患家で思った以上の時間をとり、さらに上州屋での談合が長引いている。陽が落ちれば伏見屋も暖簾を下げてしまう。

覚然への認識がこの場の面々に一致したのを機に、竜尾が右善に退出をうながそうとしたところへ、ふすま側の廊下に足音が立ち、

「旦那さま」

手代の声が入って来た。まだ療治中と思ったか、ふすま越しに言った。

「お師匠さまへ、いまおもてに三八駕籠が来ております。待たせておいてよろしいでしょうか。右善の旦那へ、なにやら伝えたいことがあるそうです」

「なに、儂に？　おう、ここへ上げてくれ」

右善は返した。駕籠舁きを待たせるのに、奥の部屋に上げるなど通常あり得ないことだ。だが右善は、権三と助八が言ったという〝右善の旦那へ伝えたいこと〟に、感じるものがあったのだ。

二

二人が上州屋に声を入れたのは偶然だった。

権三と助八はきょう、午前は療治処の足腰の立たない患者の送り迎えをし、午後は右善に頼まれたことを念頭にお玉ケ池界隈をながし、駕籠舁き仲間の溜り場にも行った。そこで耳寄りな話を聞き込んだのだ。

「――助よ、早めに帰《けえ》って旦那に知らせようぜ」

「――おう、そうしよう」

と、二人は帰途につき、帰り道になる小柳町を空駕籠で通りかかった。そこでたまたま外に出ていた上州屋の手代と出会い、いま師匠と右善の旦那が来ていると知らされ、駕籠尻を上州屋の前につけたのだった。

大晦日の急ぎ駕籠以来、手代は権三と助八にすっかり好意的になっている。二人にすれば戻り駕籠に師匠を乗せ、療治処に帰ってから右善に溜り場で聞いた話をするつもりだった。そこに手代が気を利かせて右善につなぎ、上州屋の奥向きに案内されることになったのだ。

商家の奥向きに上げられ、二人は晴れがましい気分になった。

「へへ、旦那。こちらでしたかい」

と、権三が勢いよくふすまを開けると、上州屋のあるじはむろんのこと、ご新造にお向かいの日々屋の旦那までいるのに、

「おっと、これは」

と、助八が戸惑いを見せた。

ふすまを開けたまま廊下で棒立ちになった二人に、

「どうした。さあ、入れ《へえ》。儂に話があるのだろう。このお人らならいいんだ。むしろ

おめえたちが聞き込んで来た話を、一緒に聞いてもらいてえんだ。いまもみんなでその話をしておってなあ」

実際にそのとおりなのだ。

平吾郎も太兵衛もお栄も、この言葉で右善が駕籠舁き二人をここへ上げるように言った意味を解し、まだふすまの外に立ったままの権三と助八に、竜尾ともども期待をこめた視線をながした。

二人はそれを感じたか、

「さようですかい。そんならお言葉に甘えやして」

「へえ、同業からいろいろ聞きやしたぜ」

と、権三が言ったのへ助八がつなぎ、部屋に入ると女中がお茶まで運んで来たのにはますます晴れがましい気分になった。

二人にしては珍しく端座の姿勢をとり、お茶でのどを湿らせ、

「まあその、岩本町の裏手にある一膳飯屋が、あっしらの溜り場でやして。そこでみんな言ってやしたぜ。一年か二年前《めえ》の侍《さむれえ》みてえに、沼に引きこまれるかもしれねえって。悪いことはできねえもんで、松枝町の祈禱所に駈けこみゃあ護摩《ごま》焚《だ》きをしてお祓《はら》いまでしてくれるってんだから、まあ、ひと安堵でさあ。それがまたお玉さんかお

清坊の祟りってんですから、驚きじゃありやせんかい。それも近いうちにって」

「ほれ、まただ。それじゃ聞いている人にわかんねえだろう」

権三がとくとくと語るのをまた助八がさえぎり、

「ほんとかどうか知りやせんが、近いうちにお玉さんかお清坊の霊がお玉ケ池の沼地にあらわれ、人に災厄をもたらすと、もっぱらの評判らしいんで。それも、もう二年になりやすかい、お清坊の霊に業《ごう》の深《ふけ》え侍が水の中に引きこまれたように、また引きこまれる者が出るかもしれねえって。それほど業の深くねえ者は病気になったり大ケガをしたりで、命までは取られねえだろうって。身に覚えのある者は松枝町の覚然の祈禱所で懺悔《ざんげ》すりゃあ、護摩を焚いて悪霊を祓ってくれるとかで」

一同は顔を見合わせた。太兵衛が覚然から聞かされたという話と近似《きんじ》している。それが駕籠舁き仲間の溜り場で語られている。うわさはすでに、お玉ケ池の界隈に相当広まっているとみてよいだろう。

太兵衛が端座のまま、ひと膝まえにすり出た。

「それですよ、私が祈禱所で聞かされたのは。かなり枝葉がついていますが」

「個別に護摩を焚きお祓いをすれば、祈禱所はけっこうな実入りになるでしょう。人の不注意や不幸に死霊《しりょう》をかぶせて利を得ようなど、許せません。おまえさま、覚然に屈してはなりませぬぞ」

　お栄がつなぎ、あぐら居の平吾郎は腰をさすり、うなずいた。なんとも気丈な女房どのである。上州屋は、このお栄が内から支えているのかもしれない。湯島三丁目の惣菜屋の梅野屋に嫁入ったのは、お栄の娘のお登与である。

（これなら梅野屋は安泰だ）

　竜尾と右善は、みょうなところで安堵を覚えたものである。

　ともかく日々屋の太兵衛が祈禱所で〝祟り〟を直《じか》に聞かされたのは、年が変わるまえ、先月のなかばだった。他に帰依者が二人いた。ということは、もっと以前からかなりの者に覚然は言っていたとみてよいだろう。

　帰依者は武家地にもいる。すでに武家地にも広まっていよう。

　そこに〝お清の霊〟が語られたなら、笑い飛ばすことなどできないばかりか戦慄《せんりつ》を覚え、背筋に冷たいものを走らせる輩《やから》もいるはずである。

「へへ、お役に立ちやしたかい」

「ふむ、よう聞いて来てくれた」

　権三が言ったのへ、右善は返した。他の面々も得心した表情になっている。

　このあと、それこそ何事もなかったように見せかけるため、上州屋と日々屋はそのまま覚然への帰依をつづけることなどが話し合われた。

明かり取りの障子が朱色を失った。日の入りである。これから松枝町の伏見屋に行くことはできない。

「さあ、お師匠。乗ってくだせえ」

助八が言い、駕籠尻が地から浮いたのはそのすぐあとだった。

平吾郎は大事をとって部屋に押しとどめられ。お栄と向かいの太兵衛が外まで出て見送った。

右善のつき添う駕籠が角を曲がり見えなくなると、太兵衛は言ったものだった。

「まったく覚然め、衆生から法外な祈禱料をせしめようとしていただけのようですねえ。かえって安堵しましたよ、怨念や悪霊などでのうて」

「まったくです。思えば大晦日の夜、湯島のお師匠、ほんとによく駈けつけてくださいました」

お栄は返すとホッと息をつき、駕籠の曲がった方向にふかぶかと頭を下げた。

三八駕籠が湯島一丁目に戻ったのは、屋内はむろん外を歩くにも灯りが欲しくなる時分となっていた。

権三と助八は上州屋のおもてで待てばまた台所に呼ばれ、時分どきでもあれば晩めしでも出るかと思っていたのが、奥に上げられ出されたのはお茶一杯と思惑が外れた。だが、右善や上州屋の役に立てて晴れがましい気分になれた。さらに療治処で夕餉の膳にもありつけた。

そのぶんお定が、

「またまた、権三さんも助八さんも大飯喰らいなんだから」

と、愚痴をこぼしていた。

行灯《あんどん》に火が入った夕餉の座で、右善は言った。

「さすがは師匠だ。大晦日もいとわず患家に駈けつけ、平吾郎の腰の痛みをさっと取り除いたものだ。この手柄は大きい」

「そのようです」

竜尾は返した。自分の鍼の腕を誇《ほこ》ったのではない。きょう権三と助八が上州屋の奥に上がったことで、うわさの実態が明確にわかり、平吾郎が悪霊に祟られたただの講金がどうのと、うわさを立てられずにすんだことに対して言ったのだ。

「へへん。あのとき駕籠をわざわざ長屋まで取りに戻り、お師匠を小柳町まで運んだのはあっしらですぜ」

権三が味噌汁をすすりながら言ったのへ、右善も竜尾も肯是《こうぜ》のうなずきを示し、

「それにしても覚然め、なんとも吝《しわ》いことを思いつくものだ。それが、やつの本性なんだろうよ」

右善が言ったのへ竜尾が、

「本性ですか。右善さんは以前から、あの山伏に目をつけておいでだったのですか」

「それ、あっしも聞きてえ」

すかさず助八があとをつなぎ、留造もお定も箸を持った手をとめ、視線を右善に向けた。

「あれはなあ、お清の事件があったもっとめえで、儂《わし》が隠密廻りのときだった」

と、右善は伝法な口調で話しはじめた。

「江戸の町にゃ願人坊主《がんにんぼうず》や、すたすた坊主に拝み屋、それに歩き巫女《みこ》などと、得体の知れねえ連中がうようよ徘徊《はいかい》してやがらあ」

「ああ、いるいる」

と、権三。

「そいつらは儂ら町方の奉行所の者が取締っていいのか、寺社奉行の支配なのか、はっきりしねえ」

「けっ、だらしねえぜ。町方は」

「そう、だらしねえ。というより、ややこしい」

また権三が言ったのへ右善はつづけた。

「そいつらのなかで、山伏ははっきりしておって……」

「ほっ、町方支配かい」

また権三が喙《くち》を容《い》れたのへ助八が、

「権、黙って聞けやい」

たしなめ、右善はつづけた。

「いいや。寺社奉行だ」

「なんでえ、つまんねえ」

「これ、権三さん」

と、こんどは竜尾がたしなめた。

話はつづいた。

「だからいっそう、町場で目につくというより、目に障《さわ》るのよ。べつに悪事をしておらなくてもなあ。そんななかに、覚然がいやがったのよ。喰うためだろうが、ねぐらも定まらず木賃宿《きちんやど》を転々とし、鉢開《はちひら》きみてえに江戸の町を徘徊してやがった。そこへお玉ケ池の沼地でお清の事件よ。水面から白い煙がもこもこだのと、まったくうまい話をつくりやがった。人心につけこむ才があったのかもしれねえ。あとはあれよあれよという間に、お玉ケ池の厄除け講などというのができ、松枝町に祈禱所まで設けやがった。まあ、上州屋は師匠の患家だが往診に行ったときは、厄除け講などは話題にはならなんだ」

「そう、療治のときは、平吾郎さんもご新造のお栄さんも、そのような話はされませんでした。大晦日に日々屋さんから聞いて、驚いたのですから」

竜尾がつないだのへ、

「わしも、聞いたことありませんでしたじゃ」

薬籠持で上州屋の奥に上がったことのある留造も言った。

右善の言葉はつづいた。

「まあ、そういうわけで、支配違いのことでもあるし、放っておいたのだ。するとどうだ。覚然め。吝《けち》な根性丸出しで祟りだの呪いだので、祈禱料を稼ごうとしていやがる。すでに引っかかった人がおるかもしれねえ」

「旦那、それでも支配違いで、放っておきなさるかい」

こんどは助八だった。

右善は返した。

「なにをぬかしやがる。儂はもう隠居で、支配違いもなにもあるかい。もう係《かか》り合《お》うておるわ」

「おっと、そう来なくっちゃ」

権三が応じた。

三

翌朝、留造が冠木門を八の字に開け、しばらくしてから三八駕籠が威勢のいいかけ声とともに入って来て駕籠尻を縁側の前につけるなり、

「へい、着きやした。さあ、肩につかまりなせえ」

権三が駕籠の前に片膝をついた。

明神坂上の豆腐屋の女隠居だ。長らく腰痛に苦しみ、いまでは杖をついて歩けるほどに回復している。いつぞやは療治の帰りに坂の途中で駕籠を停め、

「――ここからは歩くぞえ」

と、外に出て自分の足で立ち、ゆっくりと坂を上りはじめた。権三と助八は空駕籠

を担ぎ、いつでも手を差しのべられるように、用心深くついて歩いたものだった。坂道は下りが危険で、上るのは平地よりも安全で足腰の鍛錬にもなる。明神坂の上りを歩くのは、竜尾が女隠居に推奨している療治の一つでもあった。きょうもおそらくそうすることだろう。

「さあ、ご隠居」

と、助八も片膝をつき、女隠居を両脇から支えた。

療治部屋からは右善が縁側に出て来て、

「おう、来なさったか」

と、女隠居を抱きかかえるように縁側に引き上げた。

「同心の旦那にこんなことまでしてもらって、ほんとありがたいよう」

と、女隠居の口ぐせである。ほんとうにありがたがっている。

「なあに、儂も隠居だで」

豆腐屋の女隠居に限らず、右善が介添えするときのいつもの言葉だ。

縁側の踏み石には、すでにいくつかの草履《ぞうり》や下駄《げた》がならんでいる。庭に面した縁側には明かり取りの障子に部屋が二つならんでおり、片方が療治部屋でもう一方が待合部屋である。

右善がさきほど明かり取りの障子を開けて縁側に出て来たとき、部屋から灸《きゅう》の煙がこぼれ出て、

「ひーっ、寒いっ」

声が上がった。

竜尾が肩を傷めた左官屋に鍼を打ち、その横で右善が肩こりと腰痛の爺さんの背に灸を据えていたのだ。二人とももろ肌を脱いでいる。炭火で暖められた部屋へいきなり外の寒気が入って来たのだから、そりゃあ寒かろう。

「おう、すまんのう」

右善は豆腐屋の女隠居を支え、待合部屋にいざないながら言った。いつも見る療治処の光景である。

右善は、仔細な神経と技量が必要な鍼の腕はまだ代脈の域にも達していないが、灸はよく効くと評判になっている。患者の容態を詳しく聞き、艾《もぐさ》の量を調整して患部にうまく据えるのだ。薬草の知識は同心時代からかなり習得しており、薬研《やげん》の挽き方もうまく、

「――右善の旦那が調合してくださるのなら心強い」

と、これには定評がある。奉行所の同心は十手術や組打ちだけでなく、毒物も扱う

ことから薬学にもある程度精通していなければならないのだ。

豆腐屋の女隠居は待合部屋に入り、三八駕籠はまたつぎの患者を迎えに冠木門を出た。療治部屋では、

「さっきは寒うしてすまんかったのう。代わりに大きな灸で熱うしてやるから」

「ひー、それはご勘弁を」

右善が言ったのへ、肩こりと腰痛の爺さんが真剣な声で返していた。右善ならやりかねない。竜尾が横で、左官屋の肩に鍼を打ちながら笑っていた。鍼を打っているあいだは神経を集中するため、耳に話し声が入って来ても、話に加わることはない。これも毎日展開される、療治処の風景である。

午前中はこうして終わり、午後は患家まわりである。

この日も薬籠持は右善だった。

きょうの予定はいずれも明神下界隈で近くだったが、最初にきのう行けなかった松枝町の伏見屋に行き、それから明神下に引き返し、本来の往診にかかろうというのである。

「そんならあっしらが送って行きまさあ」

「そうでさあ。そのあとまたあの界隈をながしやすから」

権三と助八は口をそろえたが、右善と竜尾は歩いて行くことにした。松枝町に駕籠で乗りつけたりすれば、往診など頼んでいないのにと伏見屋は驚き、警戒するかもしれない。扇子の客を装った聞き込みであれば、あくまで近くまで来たついでにといった自然なようすを装わなければならないのだ。

二人は出かけた。

右善はいつもながら総髪だが、竜尾もまた普段は垂らした髪をうしろで束ねただけの根結《ねゆ》いの垂髪《すいはつ》にしている。この二人が神田明神下を出て道を歩けば、歳の差からもやはり長尺苦無を帯びている右善が医者で竜尾が代脈のように見える。あるいは父娘のようでもあり、薬籠を右善が小脇に抱えているのも、父の娘へのいたわりかと往来の者は思うだろう。それに男と女がたとえ親子であっても、外を歩くのに肩をならべているのは珍しいが、医者と代脈とあってはさほどの違和感はない。横ならびながら竜尾は気を利かせ、右善の一歩うしろに歩を取っているが、やはり人目を引くのは仕方のないことだろう。

二人の足はすでに内神田に入っている。

歩を進めながら右善は首をすこしうしろに向けた。

「大事な患家まわりのまえに、申しわけない。竜尾どのまで、こんなことにつき合わせてしまって」

「ふふふ。わたくしも覚然を許せないのと、理由はともあれ伏見屋さん夫婦に罪を重ねさせてはいけないとの思いは、右善どのとおなじですよ」

竜尾は返した。

右善はつづけた。

「ほんとうにそう思っておるのか。伏見屋にとっては、仇討ちなのだぞ。心のどこかに、討たせてやりたい気持ちがあるのではないか」

「うふふ」

竜尾はまた口元をゆるめ、

「そう思っているのは、右善どのではないのですか」

「…………」

右善は無言だった。

二人の足は松枝町に入った。

覚然の祈禱所も松枝町である。さいわいなことに、伏見屋とおなじ通りではなかった。ひと筋、通りを違《たが》えている。

伏見屋がお玉ケ池の厄除け講の講中かどうかは、右善も竜尾も確認していない。きのう上州屋の奥で談合したとき、それが話題になることはなかった。上州屋の平吾郎もお栄も、それに日々屋の太兵衛も厄除け講が話題になるなかに、伏見屋が講中であるかどうかに触れることはなかった。

（だから伏見屋は講中ではあるまい）

右善は解釈し、敢えて問いは入れなかった。それに覚然は〝お清の霊〟を厄除け講の道具に使い、あまつさえそれを怨霊とし、お祓いの理由づけに利用しようとしている。伏見屋がおもしろく思うはずがない。むしろ厄除け講に嫌悪の念を抱《いだ》いているかもしれない。

伏見屋のある通りに入った。薄い青地に濃い藍色《あいいろ》の扇子を染めこんだ、しゃれた暖簾が見える。

となりは京屋《きょうや》という菓子商いの商舗《みせ》である。駄菓子屋ではない。屋号のとおり京菓子で客筋は武家地にも及んでおり、竜尾も幾度か大福餅を購《あがな》ったことがある。そのたびにお定などは無邪気によろこんでいた。だから右善も京屋の名は知っていたが、あるじや新造とは面識はなかった。

京屋の前を素通りし、伏見屋の前に立った。京菓子に扇子とはいいならびで、女《によ》性《しょう》の客には相乗効果もあるだろう。

「あとで買って帰りましょう」

竜尾も言ったものである。それにこれからの春にそなえ、しゃれた京扇子の一把《いちわ》も欲しいと思っていた。いま持っているのは、夏用の風を送るだけの実用的なものだった。だから伏見屋へ入るのに、客を装う必要はなかった。客そのものである。

「では」

と、竜尾がさきに立って暖簾を手で分け、右善がそれにつづいた。

小ぢんまりとした商舗だが、開いた扇子が壁に架けられ、板敷きの台にも開いた扇が行儀よくならべられ、全体に華やかな雰囲気がただよっている。これが通常であろうが、かえってこの雰囲気ではお清の事件のあと商舗を開けるのに三月《みつき》も要したのが理解できる。

暖簾を入った瞬間、事件よりすでに足かけ六年を経るが、

(これでは逆に、六歳で命を絶たれたお清のことが忘れられないのではないか)

竜尾と右善の脳裡をかすめた。店場の華《はな》やかさが、娘を喪《うしな》った親にはかえって酷《こく》なように思える。

どのような商家も女が店場に出ているのは珍しいが、

「くださいな」

と、竜尾が声をかけたのへほとんど重なるように、

「いらっしゃいませ」

板敷きの帳場格子から、店場の雰囲気にふさわしい女の声が返って来て、痩せ気味で扇子を持つのにふさわしい、京風を思わせる細面《ほそおもて》の女が腰を上げ、板敷きの前のほうへ出て来た。ひと目で、

（母親のお駒）

と、わかった。その明るい雰囲気に、竜尾も右善もホッとするものを覚えた。だが同時に、

（故意にそうふるまっている）

思ったのは、決して気のせいでもなく、二人が探りの意図を持っているからでもなかった。

お駒は竜尾と右善の、他とは異なるいで立ちに瞬時、怪訝そうな顔になったが、ふらりと入っただけの素見客《ひやかし》か実際の客か見分けがつくのか、竜尾に向かい、

「これなどはいかがでございましょう」

と、台の箱の中に閉じてあった京風を数把広げた。いずれも派手ではなく、竜尾に合いそうな落ち着きのある絵柄だった。

さっそく竜尾は板敷きに出された座布団に腰を据え、お駒と扇子談義に入った。お駒は三十代なかばで、歳も竜尾に近い。それに竜尾はかつて、父である薩摩《さつま》藩江戸屋敷お抱えの鍼医・神尾常仙《かみおじょうせん》の敵《かたき》を求め、京にしばらく住まいしたこともあり、京風には馴染《なじ》んでいる。伏見屋は屋号のとおり、亭主も新造も伏見の出だった。

竜尾は本来の目的を忘れたかのように、お駒と扇子談義や京の思い出話に興じはじめた。気も合ったようだ。

だが、竜尾は忘れていなかった。

「このお玉ケ池でほかに扇子屋さんといえば、両国か神田明神下か日本橋あたりに行かねばならず、そこの武家地からもお客さまはおいでなのでしょうねえ」

「はい、以前は……。ですが、いまは……」

なにやら事情がありそうな口調だった。

右善は、

「ほう、ほうほう」

と、薬籠を小脇に抱えたまま、壁にかかっている扇子の絵柄を一把《いちわ》一把見つめている。長尺苦無を帯びているが、総髪で儒者にも見える風貌で扇子の絵柄を見つめる姿は、一幅《いっぷく》の絵になっていた。絵柄を堪能するようにときおり足場を移動し、竜尾とお駒の会話に聞き耳を立てている。

「これはお客さま」

と、奥から前掛姿の四十がらみの男が、揉み手をしながら出て来た。これもひと目で、あるじの清助とわかった。

伏見屋では事件のあと、商いを再開するとき、年寄りの女中と小僧の奉公人たちに暇を取らせ、いまなお夫婦二人だけでなんとか切り盛りをしていると聞いていたからだ。風貌はやはり似た者夫婦か、痩せ型で品のいい人物だった。

四人での会話になった。

竜尾が鍼灸医であることを告げ、武家地にも往診に出向くことがよくあると語り、右善がたくみに、さきほど話に出た〝武家地からの客〟に話題を持って行った。あるじの清助は言った。

「こちらからお伺いすることもあれば、おいでいただくこともあります」

「ほう、ご亭主も武家地にのう。儂らとおなじじゃ。で、向こうからはいかようなお客が？」

「はい。おいでになるのはお女中をお供にした、ご内儀かお嬢さまです。そうしたときは私が店場にいるより、女房のほうが話もはずむようでして」

「あらあら、わたくしたちとおなじですねえ。患者さまが女性《にょしょう》のときは。もっぱらわたくしが」

竜尾が引き取り、

「おいでになったときも、わたくしのほうがさまざま世間話などで話が弾みます」

「あら、やはりそうですか。伏見屋《うち》もなんですよ」

お駒が応じ、また清助が、

「ですから店場には、さきほどのように女房を出し、私はもっぱら仕入れにまわっております。ですが最近はまた……」

と、話は途切れた。不自然だったが、清助にもお駒にもかつて娘を喪《うしな》った暗さはみられず、おしどり夫婦でうまく商舗を切り盛りしているのがうかがえた。

内神田では神田川を越えた外神田の、竜尾の療治処はさほど知られておらず、そこに同心上がりの見習い兼用心棒がいることまで知っているのは、せいぜい上州屋や日々屋のある小柳町どまりのようだ。

伏見屋では、訊きはしなかったが総髪の右善が師匠で、垂髪《すいはつ》の竜尾を代脈とみなしたようだ。

竜尾はここで山水画の落ち着いた絵柄のものを一把買い求め、右善とうなずきを交わし、外に出た。

　これから外神田に戻り、本来の往診に入るのだが、二人とも気は急《せ》いている。これからの患家まわりもさりながら、二人とも受けた感触を早く互いに話したいのだ。

「ともかく外神田へ」

「はい」

　右善が言ったのへ、竜尾は急ぐように返した。

四

　伏見屋からわずかばかり離れたところで、

「あ、もし」

　背後から声をかけられた。

　それもあたりを忍ぶような、低く抑えた女の声だった。

　右善と竜尾は同時にふり返った。

「あ、忘れてました」

　思わず頓狂《とんきょう》な声で言ったのは竜尾だった。

声をかけた女は、となりの京屋の新造お福《ふく》だった。竜尾はその顔を見て、大福餅を買って帰るつもりだったのを思い出したのだ。

右善も、

「おぉ、そうだった」

と、竜尾がそのようなことを言っていたのを思い起こし、面識はなかったが竜尾の言葉で、それが京屋のお福であるのを直感した。

(だが、なぜ)

京屋のおかみさんが、竜尾が大福餅を買い忘れたのを、

(知っている?)

その答えは、お福がすぐに出した。大福餅で声をかけたのではなかった。

下駄の音も忍ばせるように駈け寄るなりお福は、

「そちらさまは、右善の旦那でございますね」

右善にも顔を向け、確認するように言った。

京屋はもち米を小柳町の上州屋から調達している。互いに行き来があり、打毀し騒動のとき湯島の鍼灸療治処のお人が尽力し、騒ぎを鎮《しず》めたことを上州屋から聞いて知っていた。当然、そこの見習い兼用心棒と女師匠との変わった組合せも、その見習い

が奉行所の元同心であることも聞いている。大晦日の夜に日々屋の太兵衛がわざわざ湯島の療治処に訪《おとな》いを入れたのも、お向かい同士でそれを詳しく知っていたからである。

「そうだが。そなた、京屋のご新造とお見受けするが」

「いま、伺おうと思っていたところなんですよ。大福餅、忘れるところでした」

右善が返したのへ竜尾がつづけた。

「あ、さようでございましたか。いつもありがとうございます。それよりもお師匠《しょ》さんと右善の旦那、ちょいとお話が。お手数を取らせて申しわけありませんが」

お福は言うと、扇子の絵柄を染めた伏見屋の暖簾のほうにちらと視線を向けた。歳はさきほどのお駒とおなじくらいだが、見かけは正反対でふっくらとした小太りの女だった。いかにも菓子屋の女房といった風情である。

右善と竜尾はうなずき、お福のあとにつづいた。

さきほどの伏見屋では客として入ったから店場での話となったが、京屋では竜尾に大福餅を購《あがな》う算段はあったものの、なにかの用でお福が呼びとめたのだ。暖簾を入るとお福は店番を奉公人の手代に任せ、

「さあ、こちらへ。ほんとうにお手数を取らせ、申しわけありませぬ」

と、右善と竜尾をうやうやしく奥へ案内した。

奥の部屋に案内されると、あるじの藤市《とういち》が端座で待ち受け、

「これは児島右善さまに竜尾師匠にございますなあ」

と、両手を畳につき、

「さあ、どうぞ。お座りくださいまし」

座を手で示した。上座に座布団が二人分、すでに置かれている。

炭火の燃える箱火鉢は脇に置かれ、右善と竜尾は上座で京屋の藤市、お福夫婦と対座するかたちになった。商家とはいえ、初めての家でしかも初対面のため、右善も端座に腰を据えた。着ながしに両刀を帯びていたころを思い出し、刀の作法どおり長尺苦無を腰から外し、座の右側に置いた。

あるじの藤市は言った。

「たまたま家内《うち》の者が、以前にも幾度かお越しいただいた湯島の竜尾師匠がおとなりの伏見屋さんにお入りになるのをお見かけし、元八丁堀の児島右善さまらしきお方も一緒だったと申しますもので、この機を逃してはならぬと待ち構え、出て来られたところへ声をおかけさせていただいた次第《じ》にございます」

馬鹿丁寧なもの言いに右善は焦れながら、次の言葉を待った。

藤市はつづけた。

「児島さまのことは、手前どもは商いで小柳町の上州屋さんに出入りさせていただいておりまして、上州屋さんから四月《よつき》前の打毀し騒動のとき、大変なお世話になったと聞きましたでございます。それできょう……」

なにやら大晦日のとき、日々屋太兵衛が駈けつけたのと似ている。

「ご亭主、話をさきに進めてくれんか。儂らもそう暇なほうではないのでなあ」

右善はかなり焦れてさきを急かした。竜尾も横でうなずきを入れた。まだ陽は高いとはいえ、このあと明神下に戻り、患家を三軒ほどまわらねばならないのだ。

「おまえさま」

と、お福もさきを急がせるように催促し、

「これは失礼いたしました」

京屋藤市は詫び、

「児島さま、助けてくだされ！　心配でならないのです。伏見屋さんのことです！」

端座のままひと膝まえにすり出た。

「そうなのです。このままでは、重大な事件が起こりそうな気がしまして」

と、お福もあとをつなぐように言い、上体を前にかたむけた。愛嬌のあった丸顔が真剣な表情になっている。

「ふむ。聞こう」

右善が言ったのへ、竜尾もまた無言でうなずいた。患家への往診よりも、眼前の京屋夫婦の話に感心が移ったのだ。

「あの事件、ご記憶でございましょう」

またまわりくどい言い方をする藤市に右善は、

「お清のことか。あれは事故なんかじゃねえ。殺されたのだ、武家地の若え侍《わけさむれえ》になあ。それも三人組だ」

故意に伝法な口調で言い、

「去年、おっと、もうおととしと言うべきか、お清が投げ込まれたのとおなじ場所で、若え侍《わけ》が溺れ死にやがった。おめえら町の者は言ってるそうじゃねえか、お清の祟りだってなあ。儂《わし》もそう思うぜ」

「旦那っ」

思わず声を出したのはお福だった。わが意を得たりといった表情になっている。

右善はつづけた。

「そのうわさも、町の者が故意にながしてんじゃねえのかい。気持ちはわかるが、ほんとに祟りで人が殺せるんなら、夜更けりゃ危《あぶ》のうて外へ出られなくならあ。さあ、ここは伏見屋のとなりだ。屋号も京に伏見とくりゃあ兄弟《きょうでえ》みてえなもんだ。それなりのつき合いもあるんだろ。伏見屋についちゃ、まわりの住人の知らねえことも知っているんじゃねえのかい。それで儂を呼びとめたんだろう」

横で竜尾がうなずいている。早くさきを聞きたいようだ。

「そ、それは」

藤市は口ごもった。お福に呼びとめさせたものの、やはりイザとなれば躊躇《ちゆうちよ》の色が見られた。それだけ話は重大なのだろう。

右善は夫婦の気分をほぐすため、端座の足をあぐらに組み替え、

「なんでえ、打毀し騒動のとき、上州屋から聞いてるんじゃねえのかい。見てのとおり、儂はいま隠居だぜ。なにを聞いたって、ふところから十手を取り出すようなことはねえ。もう持っていねえからなあ。代わりに悪い奴がいたなら、ほれ、この長《なげ》え苦無でひと打ちだ。奉行所に引き渡したりはしねえ。善悪の判断も、奉行所とはひと味違うぜ」

誘い水を入れた。

効果はあった。

「お察しのとおりでございます」

藤市は応じ、お福とうなずきを交わし語りはじめた。

二年前のことらしい。日の入りで暖簾を下げ、おもての雨戸も閉めたあとのことだという。となり同士でいつもおなじ時刻で、互いに挨拶を交わし合っていたという。いまもそうらしい。

そのあとである。伏見屋の清助とお駒の夫婦が、夜な夜な連れ立っていずれかへ出かけ、かなり遅くなってからまた二人そろって帰って来ることに気づいた。不審に思った京屋の藤市とお福夫婦は、伏見屋にどこに行っているのか訊こうとしたが、

「なにやら、訊くのが恐ろしいような気がいたしまして」

「そうなんです。それであたしたちも……」

藤市が言ったのへお福がつなぎ、途中で口をつぐんだ。

だが右善にも竜尾にも、お福が言いかけた内容は想像できた。おそらく二人は、伏見屋夫婦をそっと尾けたのであろう。夫婦は武家地のほうへ向かったはずである。そこで三人組がそろってか、あるいは単独で、夜遊びに出かけるのを待ち伏せた……。それは幾日もつづいた。

さいわい、一人がふらりと出て来た。

その者は翌朝、お清が難に遭った沼地に土左衛門《どざえもん》となって浮かんでいた。

おそらくお駒が夜鷹《よたか》に化け色仕掛けで沼の近くに誘いこみ、二人がかりで仕留めたのだろう。

それを藤市の言葉が裏付けた。

藤市は言った。

「そのようなときだったのです。あの武家地の若いお侍が水死体となって、お清坊が殺されたのとおなじ沼地に浮かんだのは」

その現場を藤市とお福が、目撃したかどうかはわからない。右善もそれを質《ただ》す気はなかった。

右善は言ったのだ。

「ふむ、不思議な偶然もあるものだ。それを二年後のいま、助けてくれだの心配《しんぺえ》でならねえだの、果ては〝このままでは、重大な事件が起こりそう〟だなどと、いってえどういうことなんでえ。伏見屋の夫婦が、また夜な夜などこかへ出張《でば》りはじめたとでもいうのかい」

「はい、そうなんです」

「えぇえ！」

お福の返事に、思わず竜尾が声を上げた。

藤市はつづけた。

「児島さまもお師匠も、おそらく耳にしておいでではないでしょうか。去年の暮れと申しますか、先月あたりからこのお玉ケ池界隈に、またお清坊の霊があらわれるだの人に災厄をもたらすなどと、うわさがながれはじめております」

「聞いておる」

右善は返し、また竜尾と顔を見合わせた。

竜尾が藤市とお福を交互に見て言った。

「あなたがたおとなりさん同士で、さような話をされますのか」

「いいえぇ。わたしたちとなり同士で、そんな話はしません」

「つとめて避けているのです」

お福が応えたのをまた藤市がつなぎ、

「どこから立ちはじめたうわさか知りませんが……、おそらく人々のお清坊を憐れむ思いから、だれ言うとなく広まったのではありますまいか。それに応えるかのように、伏見屋さんがまた二人で、夜な夜な出かけるようになったのです」

覚然のながしたうわさに、伏見屋夫婦がそれと知らずに乗ったのかもしれない。もしうわさのながれるなかに、ふたたび若い武士の水死体が上がっても、

『やはり』

お玉ケ池界隈の住人は思い、それが武家のものであれば、こたびも奉行所の手が町場に及ぶことはないかもしれない。伏見屋夫婦は、それを計算しているのだろうか。覚然はおそらく、そこまでは予想していないだろう。

雨戸を閉めたあとの外出にふたたび気づいた京屋は、いずれ第二の水死体が浮かぶのではないかと、懸念など通り越し恐怖感を持ったようだ。同時に、伏見屋が事件のあと奉公人に暇を取らせたのは、

(お清坊の仇討ちのため)

感じ取ったのかもしれない。

そこへ、上州屋から聞いていた右善が、竜尾と一緒に伏見屋へ来たのを見かけた。あとはもう、なかば衝動的に動いたようだ。

「救ってくだされっ、伏見屋さんを！」

「このままでは、伏見屋さんは大変なことになってしまいますうっ」

藤市とお福はまた声を重ねた。

そう、放ってはおけない。

だが、右善が毎夜出向き、監視することもできない。まして直接伏見屋を諫《いさ》めれば、肯《き》くどころかかえって伏見屋夫婦に〝仇討ち決行〟を早めさせることになるかもしれない。

「そのとおりだ。よう話してくれた」

右善はあぐら居のまま武家言葉に戻り、

「しばらく、大変だろうがそなたらも気をつけておいてくれ。儂もなんとかする。悪いようにはせぬゆえ」

言うと竜尾をうながし、腰を上げた。

世間一般で〝なんとかする〟とか〝悪いようにはせぬ〟といった言葉ほど、いい加減で無責任なものはない。だがこのときの〝なんとかする〟と〝悪いようにはせぬ〟との右善の言葉から、

(話してよかった)

京屋夫婦は感じ取っていた。

実際に右善はいま、なんとかして伏見屋夫婦の動きをとめなければと思っているのだ。

右善の胸中に、余裕はあった。

うわさは武家地にもながれている。あと残っている二人の耳にも入っていよう。ならば二人とも警戒し、あるいは怖れ、不用意にふらふらと武家地を町場に出て、伏見屋の網に引っかかるようなことはしないだろう。

「もし、伏見屋さんに切羽詰まった動きがあれば、どなたか若い人を湯島に走らせてくださいな」

言ったのは竜尾だった。

京屋夫婦は竜尾にすがるような目を向け、療治処の場所を訊いていた。

「そのときは私が、私が湯島に走りますよ」

「おまえさん」

湯島一丁目の場所を聞き、言った藤市にお福は頼もしそうな視線を向けた。

見送りのため店場まで出て、さらにおもてにも出ようとする藤市とお福を、

「ここでよい。これからは儂らのほうが、目立たぬようにせねばならぬでなあ」

右善は押しとどめ、

「そのとおりです」

竜尾も言った。

右善は暖簾から顔を出し、おもてにとなりの清助やお駒が出ていないか確かめた。

その背にお福が言った。

「そろそろ手習いから帰って来るころですが、わたしたちにも子供がいるのです。二人、男の子と女の子です。お清ちゃんと歳が近く、よく一緒に遊んでいました」

「だから、わかるのです。伏見屋さんの胸の内が」

藤市がつないだ。

外はすでに陽が西の空にかたむきかけ、人の影が長くなっていた。

五

療治処では、明神下の患家の一軒から遣《つか》いの者が来て、師匠がまだ来ないがどうなっている、と催促ではなく心配していた。湯島二丁目の患家だった。

留造とお定は慌てた。最初の行き先は聞いている。留造が気を利かせ、

「申しわけありませんじゃ。きょうは内神田に急なお人がありやして、そのほうへ」

言い逃れ、あと二軒ある予定の患家に、遅れるかあしたまわしになるかを告げに出向いていた。

長くなった影を引き、内神田から外神田に入る筋違御門橋に歩を踏んだとき、

「あっ、大福餅。忘れていました」

また竜尾が重大事のように足を止めた。

右善はふり返り、

「あはは。また買いに行く口実ができたではないか。大福のついでに、ようすを見になあ」

「そうなりますねえ」

竜尾は止めた足をふたたび進めた。

京屋でも店場まで出て右善と竜尾を見送ったあと、

「あっ、おまえさん」

と、お福も大福餅を包むのを忘れていたことに気づいた。

藤市も、

「ちょうどいい。今夜またあとを尾け、その結果をあした知らせに行こう。大福はいつなぎの道具になってくれる」

と、右善とおなじようなことを言っていた。

この日、外神田に戻り、往診にまわることができたのは、竜尾のようすを訊きに来

た湯島二丁目の一軒だけだった。そこを出たとき、陽はすでに沈みかけており、影はこの日一番の長さになっていた。

「さあ」

右善は竜尾をうながした。早く帰り、きょう仕入れた話をまとめたかった。それらをうまく整理すれば、これからの伏見屋の動きが読めるかもしれない。そうした重大な話は、歩きながらではできない。

療治処では、留造とお定が首を長くして待っていた。

留造が気を利かせ患家をまわったことを竜尾はよろこび、あしたの午後一番でまわることにした。

「で、伏見屋さんのようすは、どんな具合でした？」

お定が訊いた。留造やお定が、いま発生している事件について問いを入れるのはきわめて珍しい。すでに留造もお定も、ごく身近な事件としてとらえ、しかもそこに幽霊話などが係り合っているとなれば、やはり気になるようだ。

それは留造とお定も同座した夕餉の座で話された。

「権三と助八もおれば、やつらも向後《こうご》のうわさを集めやすくなるのだがなあ」

右善が言ったのへ留造が、

「そんならわしがちょいと行って、帰《けえ》っているかどうか見て来やしょうか」

「いやいや、そこまでしなくてもよい」

と、右善は話を進めた。

さっきから竜尾は待ちかねているようだった。

右善は言った。

「竜尾どの、伏見屋へ武家屋敷から扇子を買いに来る客だが、お駒は〝以前は……。ですが、いまは……〟などと口ごもり、そこへ清助が〝ですが最近はまた……〟などと言うておったなあ」

「はい、確かに」

竜尾は返した。そこから判《わか》ることは多い。

かつては武家地からも、扇子の伏見屋に客はよく来ていた。ところがお清の事件があったあと、武家地からの客は遠のいた。武家地の者は、町場でお清をお玉ケ池の沼に投げこんだのは武家地の者と、当初から察していたのだろう。しかも三人組の若侍と、しだいに判ってくる。おそらくそこに、

（――あの者たちなら）

と、日ごろ慮外《りよがい》な行為が多い部屋住三人に目串《めぐし》を刺し、奉公人たちも名を挙げ、う

わさしあっていたのだろう。

自然、武家地の者は伏見屋の暖簾をくぐりにくくなる。武家地からの客足は遠のいたことになる。

脳裡に状況を描きながら、右善はさらに言った。

「お駒ではなく、清助のほうだったなあ。〝こちらからお伺いすることも〟あると言ったのは」

「はい、清助さんでした。お玉ケ池の武家地は行ったことがありませんが、他の武家地のお屋敷にはわたくしたちもよく往診に行くように、伏見屋さんも客足が遠のいたぶん、清助さんもお駒さんも御用聞きに行っていたのでしょうねえ。そこで、いずれかのお屋敷の奉公人から聞き込んだ……」

「そう。それを儂も想像した。奉公人には町場の出の者もいるから、慮外な部屋住に嫌悪をいだき、伏見屋には同情的になっている」

「そのとおりです。清助さんとお駒さんは、積極的にお玉ケ池の武家地へ御用聞きに出かけ、扇子商いだからご内儀やお女中衆と話をする機会も多く、ついに不逞《ふてい》の三人を割り出し、顔も確かめた」

「それからであろう、京屋が言っていた、伏見屋夫婦が夜な夜な出かけるようになったのは」

「えっ、そんなら伏見屋さん、その三人組を狙って」

思わず喙《くち》を容《い》れたのは、黙って聞いていたお定だった。

「そうなるなあ」

右善は応じ、さらに言った。

「お駒が〝いまは……〟と口ごもったのは、その事件で武家地から伏見屋への客足が遠のき、それが回復しはじめ……」

「そう、そのとおりです。清助さんは言いました。〝最近はまた……〟と。ふたたび客足が遠のきはじめた……」

「つまり、それだ。原因はおそらく覚然のながした、お清の霊だの祟りだののうわさだろう。それが武家地にも入り、屋敷の女性《によしよう》たちも奉公人たちも気味悪がり、自然と伏見屋には近づかなくなる」

「そこへまた、伏見屋さんが夜な夜な外出しはじめた、と京屋さんが……」

「えぇえ！　伏見屋さん、あとの二人をまたぞろ狙いはじめたんですかい」

こんどは留造が喙を容れた。無理はない。一人目を葬ったときと状況が酷似しているのだ。

だが右善は、

「うーむ」

　うなった。

　竜尾も箸をとめ、考えこんでいる。

　留造がつづけた。

「右善の旦那、お師匠、とめねえんですかい。伏見屋さん、人殺しをしようとしてるんですぜ。そりゃあ伏見屋さんにすりゃあ、お清坊の仇討ちってえことになりやしょうが、それがお上《かみ》に通じやすかい。町人にゃ、仇討ちなんざ認められていねえんですぜ。しかも仇が、その三人組とお上が認めているわけじゃねえ」

　いつにない、留造の強い口調だった。権三と助八がこの場にいたなら、さらに声を荒げたであろう。留造は六年前のお清の遭難について、町場の者が武家に抱《いだ》き、鬱積《うっせき》している憤懣《ふんまん》を代弁しているのだ。

　お定も言った。

「そう、そうですよう。旦那」

　普段は鍼の練習台にされるのを逃げまわっている相手だが、いまは違う。

「おっと、いけねえ。せっかくの味噌汁が冷めちまったじゃねえか」

言うと右善は味噌汁の椀を取り、口に運んだ。さっきから四人の箸が動いていなかったのだ。

「あ、そうでしたねえ。せっかくのあたたかいご飯も冷めてしまいそう」

と、竜尾も箸を動かしはじめ、留造もお定もそれにつづいた。

そのなかに右善は、一句一句かみしめるように言った。

「そんな物騒なうわさがながれているなかに、あとの二人がのこのこ武家地から出て来るかのう。そやつら二人も、一応の警戒はしているだろうからなあ」

「あ、そうか」

「そういえば、うわさは向こうさんをかえって用心深くさせることになるだけですよねえ」

留造がまた声を上げたのへ、お定がつないだ。

竜尾が、

「右善どの」

と、箸を置いて言った。きりりとした口調だった。

右善はいくらか驚いたように箸を止め、

「ん？　どうされた」

竜尾に視線を向けた。

竜尾は返した。

「さきほど留造さんも言ったではありませんか。伏見屋さんにすれば、お清ちゃんの仇討ちだ、と」

「ああ、そのとおりだが」

竜尾は言った。

「伏見屋さんは、奉公人に暇を取らせたときから、すでに身を捨てておいでです。いまここで、その是非を問うつもりはありませんが」

「ふむ」

右善は返し、竜尾はつづけた。

「なれば」

と、武家言葉になっていた。

「伏見屋夫婦が、こたびも待伏せするのみとは限りませんぞ」

「えっ。すると、竜尾どのは……」

淡い行灯の灯りのなかに、右善はあらためて竜尾の顔を見つめた。

竜尾はかつて士分の家の娘として父の敵《かたき》を求め、遠く薩摩にまで足を伸ばし、そこから引き返すように長崎へ、さらにうわさを頼りに山陽道を経て大坂をめぐり、京に探索の拠点を置いたこともあるのだ。

その意気込みがあったときの自分に伏見屋夫婦を置き換え、竜尾は言っている。

右善は、そのさきの言葉を解した。

伏見屋夫婦は、幾度か御用聞きでお玉ケ池の武家地に入り、武家屋敷の勝手口をいくつかまわり、三人組の名を調べ顔も確認しているとなれば、その屋敷も突きとめていることだろう。ならば考えられるのは、

（捨て身の打込み……）

竜尾は右善の視線に応えた。

「いかがか」

「うーむ」

右善はうなり、

「したが、無謀に過ぎようぞ」

「だから、あの二人はおのれを捨てていると言っているのです」

右善は落ち着いていた。

「竜尾どのが仇討ちに燃え、京に住まいしていたとき、剣術に励み小型の苦無を戦国

の忍びのごとく飛苦無《とびくない》として使う技まで習得したのではなかったのか。飛苦無はともかく、あの夫婦がさような鍛錬をしているようには見えなんだぞ。京屋もそのようなことは言っていなかった」

「町人でも、捨て身になれば武士を刺すことはできましょう。仇の若侍たちはすでに一人が討たれているように、さほど鍛錬を積んでいるとは思えませぬ。腰の刀はたんなる飾り物に過ぎないのではないでしょうか。伏見屋の夫婦は、そこまで調べているのではありますまいか」

竜尾の口調はいつになく熱を帯びていた。やはりおのれに経験があり苦節の歳月を送ったためか、仇討ちのことになれば親身になるのを通り越し、感情がさきに立つのかもしれない。

それでいて現在《いま》は、冷静と沈着をもって患者一人ひとりの証《しょう》を立て、それぞれに異なる鍼を打たねばならない鍼師に徹している竜尾の姿が、右善にはなにやら大きなものに思えてきた。

「えっ、なんでしょうか。わたくしの言うこと、間違っておりますか」

竜尾は自分を見つめる右善の視線に応えた。

「いや」

右善は短く返しただけで、

「味噌汁がますます冷めてしもうたわ」

と、また椀を取り、音を立ててすすった。

留造とお定は右善と竜尾の応酬《やりとり》についていけず、戸惑いながらもあらためて箸を動かしはじめた。

右善の脳裡にあるのは、

（伏見屋夫婦は、感情で動いているのではない。あくまで確実に三人を討ち果たすことを考えているはず）

と、冷静な判断だった。

そこには竜尾が言うような、無謀な打込みなどあり得ない。標的はあと二人である。一つの屋敷に打ちこめば、うまく潜入し庭の隅に潜み、厠《かわや》に立つのを根気よく待って討ち果たしたとしても、二人は生きて屋敷を出ることはできないだろう。もう一人を、残したままとなる。

なにやら不自然に終わった夕餉の膳を、留造とお定はかたづけにかかった。

いつものように右善は母屋を出て、庭づたいに離れの部屋に戻った。炭火を入れた手あぶりに手をかざし、

（わかるぜ、清助、お駒よ。お清坊はさぞ可愛い娘だったろうな。そうかい、六歳だったかい。だがな、おめえらを罪人にすることはできねえ）

思いながらも、

（殺《や》ってもいいぜ。すでに一人、葬《ほうむ》っていやがるからなあ。あと二人だ。おめえら夫婦を、奉行所に引き渡すようなことはしねえ）

相反することを念じていた。

六

朝を迎えた。

待合部屋にはすでに幾人かの患者が入り、療治部屋では、

「さあ、早う。風邪《かぜ》の患者です。葛根湯《かっこんとう》を煎じなされ」

「いまやっておりますぞ。しばし待たれい」

右善が竜尾の差配で薬湯を煎じたり、薬研を挽いたりしている。療治部屋にあっては、あくまで竜尾が師匠で右善は見習いである。

玄関に訪《おとな》いの声があった。患者なら冠木門を入ると庭から直接縁側に上がり、待合

部屋に入るのだが、聞きなれない声に留造が、

（はて、誰だろう）

と、玄関に出ると、実直そうなお店者《たなもの》が立っていた。風呂敷包みを丁寧にかかえ持っている。慇懃《いんぎん》に腰を折り、

「内神田の松枝町から参りました」

「えっ、松枝町！」

昨夜、右善と竜尾から聞いたばかりである。

（仇討ちの助っ人を頼みに⁉）

留造は驚き、

「し、しばらくお待ちを」

急いで奥に引き、療治部屋への出入り口のふすまに手をかけた。

右善がこの療治処の離れに入って間もなくのころだった。武家娘の仇討ちを右善と竜尾が助勢し、見事に本懐を遂げさせたことがある。瞬時、そのときのことがよみがえってきたのだ。

留造は奥からふすまにそっとすき間をつくり、竜尾と右善のどちらを呼ぶべきか迷いながら、

「い、いま玄関に……」

押し殺すような声を入れた。

竜尾は鍼を手にしており、ふり向きもせず患者に集中している。

火鉢の炭火に葛根を調合した薬罐《やかん》をかけたばかりの右善が、

「どうした」

ふり返った。

留造はふすまのすき間から、

「松枝町の伏見屋さんが」

「なに！」

右善は驚き、竜尾も瞬時鍼を持った手をとめ、

「痛っ」

患者が声を洩らした。〝伏見屋〟と聞き、手許が狂ったのだ。伏見屋が来るなど、右善にも竜尾にも予想外のことだったのだ。きのうも、京屋には緊急のときには知らせてくれと療治処の場所を教えたが、扇子の伏見屋には湯島の鍼灸医であることも告げていない。

右善は即座に、

「師匠、儂が出る。座敷へ案内してくれ」

留造に言って腰を上げた。

「へえ」

留造はなおも緊張したようすでふすまを閉めた。

「ちょいと来客らしいからのう」

と、右善は故意に落ち着いた言いようで患者に告げた。療治部屋や待合部屋の患者に緊迫のさまを勘づかれないための用心だが、留造が療治部屋に飛びこんで来たわけではないので、患者たちに物騒な話が進んでいるなど想像されることはなかった。

お店者が草履《ぞうり》を脱ぎ奥へ案内されるのと、右善が療治部屋から廊下に出たのがほとんど同時だった。

廊下で出会った。

右善は思わず声を上げた。伏見屋清助ではなかった。

「これは京屋のご亭主」

「はい。きのう家内《うち》の者が大福餅を用意いたすのを忘れ、お届けに参りました」

と、客は京屋の藤市だった。

「えっ」

と、留造は〝松枝町〟と聞いただけで、早とちりしたことに気づいたようだ。

「京屋さんなら居間にな。ゆっくりと話がしたいでのう」

右善は言った。きのうのきょうである。大福餅を届けにだけ来たとは思えない。伏見屋の動きになにかあったようだ。

大福餅と聞いたためか、居間で対座した二人に茶を運んで来たのはお定だった。

「おう、お定。こちらはのう、ほれ、おまえたちもときどきご相伴《しょうばん》に与《あず》かってるだろう。内神田の大福餅の京屋だ。きのう師匠が注文したのをなあ、きょうこうして」

「それは、それは」

お定は満面に笑みをたたえた。

無駄に右善は言ったわけではない。いかなる話であろうと、座をほぐし対手が話しやすくするためである。それに〝師匠が注文した〟と言えば、話はすぐ療治部屋にいる竜尾に通じるだろう。

実際、竜尾は鍼のあいまを縫って居間に顔を出し、

「これは京屋さん、わざわざ。あとで右善どのから話を聞きますゆえ」

と、すぐ療治部屋に戻った。

それらの挨拶に京屋藤市は、別段さきを急ぐようなようすを見せなかったから、話

は緊急を要するものではなさそうだ。右善も落ち着いた口調で、

「して、いかがだったかな、伏見屋の動きは」

「はい。そのことでございます。昨夜も二人そろって出かけました。気が気でありませぬ。手前どももお福と二人そろって、あとを尾《つ》けました」

「ほう」

右善はあぐら居のまま上体を前にかたむけた。

藤市の話では、やはり伏見屋夫婦が向かった先は武家地だった。声を低めて言う。

「清助さんとお駒さんは、いくらかの間合いを取り、武家地と町場の境になる往還をゆっくりと行きつ戻りつしておりました。そのあいだにも幾人かのお武家が武家地に戻って来られ、いかにも夜遊びに行くといった風情の二、三人連れも出て来られました。清助さんとお駒さんのいずれかがさりげなく近づき、明らかにそれらの面体《めんてい》を確かめておいでででした。おそらく、お二人は憎《にく》き若侍の顔を知っており、それを找《さが》しているのではないかと」

「ふむ」

見た情景に感想までつけ加える藤市に、右善は肯是《こうぜ》のうなずきを返した。

藤市はつづけた。

「日の入り後でしたがまだ明るく、面体も確かめられます。したが、やがて暗くなりますと、お二人ともふところから提灯を取り出し、近くの屋台で火を取り、さらに探りを入れておいででした。あたりに灯りは提灯のみになると、お駒さんは手拭を頭にふわりとかぶり、言っちゃあなんですが、春になれば柳原堤《やなぎわらどて》でよく見かける夜鷹《よたか》の風情でした」

二年前も、きっとそうだったのだろう。それで網にかかった若侍を沼地に誘い出し、お駒の簪《かんざし》か清助が隠し持った鋭利な得物《えもの》でぶすりと刺したのだろう。

藤市の話はつづいた。

「やがて二人は収穫なしとみえ、間合いを取ったまま松枝町に戻られました。私どもも、お福があるじの足元を照らす女中の風情をつくり、あとにつづきました。ホッとしました。もし出会い、返り討ちに遭ったらなどと、ほんとうに足が震えました」

「ふむ。よう見とどけてくれた。それを夜な夜なくり返しているってことか」

「はい、さようでございます。児島さま、助けてくだされ。これがつづけば、ほんとうに伏見屋さんは破滅します」

やはり伏見屋は二年前とおなじ手法で、もう一人を仕留めようとしている。竜尾が昨夜熱っぽく言ったように、いきなり屋敷へ打込もうとしているのではない。伏見屋が捨て身ならば、もちろんそれも視野に入れなければならない。だが屋敷への打込みは、最後に一人を残すのみとなったときであろう。いずれにせよ、二度目となると奉行所も放置していないだろう。止めなければならない。

「ふむ」

右善は得心のうなずきを見せ、言った。

「わかった。竜尾どのも、事情を話せば合力してくれるはず。町に騒ぎを起こさせぬためにも、ひと肌脱ごうではないか。さっそく今宵からだ」

「ほんと、ほんとうでございますか」

京屋藤市は端座のまま、ひと膝まえにすり出た。

居間は今宵の策を話し合う場となった。

右善には余裕があった。〝お清の祟り〟のうわさが武家地にもながれておれば、身に覚えのある残りの二人は気味悪がっていることだろう。そのようななかに、仇と狙われる身でのこのこ夜遊びに出るはずがない。伏見屋がいかに夜な夜な待伏せをしようと、そこに引っかかることはないだろう。

談合を終え、京屋藤市は奥から療治部屋に顔を見せ、満足そうに帰った。

「案ずるな」

と、玄関で見送った右善が、

「いやあ、すっかり話がはずんでしもうてなあ」

と、療治部屋に戻ると、留造が手伝いに入っており、

「旦那、さっきからお客人で、離れの旦那の部屋でお待ちですぜ」

「え、誰が？」

「行けばわかります、さあ」

と、竜尾もうながした。なにかを期待しているような表情だった。

七

療治部屋に腰を下ろすことなく、右善は庭に出て離れに戻った。

待っていたのは、

「へへ、大旦那。なにやらお忙しそうですなあ」

と、岡っ引の藤次だった。手あぶりに炭火が入っている。お茶も出されている。留造かお定が用意したのだろう。

「ふむ。こっちで待っていたとは気が利いているなあ」

「そうですかい。庭先から療治部屋に声を入れると、お師匠から大旦那はいま来客中で、離れで待てと言われやしてね」

「ほう」

右善は返した。名の似かよった二人が鉢合わせにならないようにとの、竜尾の配慮のようだ。藤次は岡っ引でお上《かみ》の手先であり、藤市は伏見屋をお上の手から護ろうとしているお隣さんなのだ。

右善は藤次と手あぶりを挟んで向かい合わせにあぐらを組み、

「で、その客が誰だか聞いたかい」

「いえ。なにも」

「そうかい。松枝町の菓子屋、京屋藤市だ」

「えぇえ！　伏見屋のお隣さんじゃねえですかい。その話できょう来たんですぜ」

と、藤次は驚いた表情になった。

それには右善も驚き、

「儂のほうからきょう、おめえにつなぎを取ろうと思っていたのだ。実はなあ……」

と、きのう竜尾と一緒に扇子商いの伏見屋を訪《おとな》い、帰りにとなりの京屋に声をかけられ、切々と相談を受けた話をした。

藤次は右善の皺《しわ》を刻《きざ》んだ顔を喰い入るように見つめ、ときおりうなずきを入れながら聞いている。

話はさきほど藤市が母屋の居間で語った内容に移った。

聞きながら藤次はうなずきよりも、

「ううっ」

うめき声を洩らした。

「結局昨夜、伏見屋は収穫なしというところだったらしい」

と、右善は話を終え、

「さあ、こんどはおめえの番だ。どんなおもしれえ話を持って来てくれたい」

「大旦那、さっきの、おもしれえ話でござんしたぜ。きのうあしは、その場にいたんでさあ。それをきょう話しに来たってわけで」

「なんだって！　聞こうじゃねえか」

「へへ、話しまさあ。ともかく松枝町の伏見屋には、気を配っておりやした。そこで伏見屋の夫婦が夜な夜なじゃありやせんが、かなり高《たけ》え頻度《ひんど》でいずれかへ出かけているのに気がつきやした。それをきのう、あっしも尾けたのでさあ」

「ふむ」

「あとは京屋の話したとおりでさあ。京屋は伏見屋につかず離れずで。てっきり京屋が合力しているのかと思いやしたが、どうもそうではない。まったくわけが解らないまま、ともかくふた組の夫婦を尾けやした。あとは京屋が大旦那に話したとおりでやすが、収穫なしってえのはおかしいですぜ」

「えっ、なにかあったのか」

「へえ、ありやした。伏見屋とつなぎを取った女がいやしたぜ。武家地のほうから出て来てお駒とほんのふたことみこと言葉を交わし、すぐまた武家地のほうへ戻りやした。もう提灯の必要な時分でやしたから、女の面《つら》はわかりやせん。腰元のようでやした。あっ、そういえばそのとき、京屋の二人は近くにおりやせんでした。おそらく亭主の清助のほうについていて、お駒が武家地から出て来た女とつなぎをとったのに気がつかなかったのかもしれやせん」

さすがは岡っ引で、素人の京屋夫婦が見逃したところを、慥《しか》と見とどけている。

「そのあとすぐでさあ、伏見屋が引き返し、京屋もそれにつづきやした」

「うーむ」

右善はうなり、

「おめえ、今夜は時間、割けるかい」

と、京屋藤市と話し合った今宵の段取りを語った。

藤次に否《いな》やはない。

「あっしも歳で、連日じゃちょいと疲れまさあ」

愚痴をこぼしていた。

「そりゃあすまねえ。だがよ、儂も歳だぜ」

と、それを右善に言われると、藤次は二の句がつげない。


藤次が裏の勝手口からそっと帰ったのは、すでに陽が中天にかかろうかといった時分だった。

療治部屋は、午前最後の患者がかなりの年寄りで、権三と助八がそっと駕籠に乗せ、揺らさないようにかけ声も抑え気味で冠木門を出たところだった。藤次がおもての冠木門から帰っていたなら、権三たち二人から呼びとめられ、右善を訪ねて来た理由をしつこく訊かれただろう。権三も助八も〝お清の霊〟の件に、さらに係り合いたくてうずうずしているのだ。

昼餉《ひるげ》には期待どおり口なおしに大福餅が出て、留造もお定も大喜びだった。

午後の往診は、きのうまわれなかった患家を合わせ、明神下界隈の近場ばかりで、留造が薬籠持についた。例によって療治部屋で薬草学の書籍を開き、薬研を挽く右善の近くにお定が近寄ることはなかった。小腹がすいた時分に熱いお茶を淹れ、大福餅を持って来て、

「きょうもこのあと、お師匠さんと京屋さんに行きなさるんだよねえ」

と、なにやら催促するように言った。

実際このあと、きょうも右善は竜尾と京屋へ行くことになっているのだ。昼餉の座で右善がそれを話したとき、

「――望むところです。参りましょう」

竜尾は言っていた。用件はきのうのような聞き込みではないのだ。

「ああ、師匠が戻ったらすぐにな。ところで、お定」

と、右善が視線を向けると、

「あ、洗濯物がまだ残ってたんだ」

お定はさっさと奥に退散した。

陽が西の空にかたむきかけたころ、竜尾たちが往診から帰って来た。

「さあ、参りましょう」

と、竜尾のほうが右善を急かした。積極的になっている。

庭に出て見送ったお定が、

「京屋さんですよねえ」

期待するように言ったのへ、

「悪いがこのこと、よそで話すんじゃねえぞ」

お定の思惑からはかけ離れた返答を右善は返し、竜尾もうなずいていた。

右善の腰には長尺苦無があり、小脇に薬籠を抱え、竜尾ともども往診に出るいで立ちだった。


二人が伏見屋夫婦の目につかないように気をつけ、京屋に入ったのは日の入りすこしまえだった。

京屋では藤市とお福が夕餉の用意をし、緊張気味に待っていた。

「よろしく、よろしくお願いします」

お福は真剣な表情で言う。

陽が落ちたのは、まだ右善と竜尾が夕餉の膳についているときだった。

奉公人ではなく藤市が暖簾を下げ、雨戸を閉めにかかった。

となりからも清助が出て来て、

「お疲れさまです」

互いに声をかけ合った。いつものことだが、藤市は緊張するのを懸命に抑え、平静を装った。清助が藤市の不自然さを感じ取った節はなかった。

右善と竜尾は夕餉を終えた。

あとは待つのみである。丸顔のお福のほうが緊張している。

このあと、外に出た清助とお駒を尾けるのは、右善と竜尾だった。

清助とお駒がきのうとおなじように、武家地と町場の境の往還を徘徊しはじめたなら、右善と竜尾が往診で武家地から出て来たようすをつくり、清助たちとばったり出会う。

清助とお駒は驚き、戸惑うことだろう。そこで右善と竜尾は二人の意図を見抜く。清助たちは現場を押さえられたことになる。

そこで右善は語る。説得などではない。

『仇討ちの相談に乗ろうではないか。算段は儂に任せろ』

清助とお駒には、応じる以外選択肢はなくなっているはずである。

ともかくこの夫婦に、捨て身の仇討ちはやめさせる。あとのことはそれから考えればよい。実際に右善は、なんらかのかたちで伏見屋夫婦にお清の仇を討たせるつもりになっているのだ。竜尾もそこに暗黙の了解をしている。

藤市が雨戸にすき間をつくり、となりのようすを窺《うかが》っている。

出て来ない。

見張られていることに気づかれたはずはない。

暗くなりはじめた。きのうのいまごろすでに、清助とお駒はつかず離れずに武家地との境の往還を往来していたのだ。

外は提灯が必要となるほど暗くなった。

やはり出て来ない。

裏手にそっとまわると、伏見屋には灯りがあり、人のいる気配もする。

出かけていない。

時はさらに過ぎ、今宵の成果なしは明らかとなった。

恐縮する藤市とお福に、

「そなたらが詫びることはない。かえってよかったではないか」

右善は言った。

あとは療治処に帰るのみである。

「あのう、せめてこれを」

お福が大福餅の包みを竜尾のふところに押しこんだ。


帰り道である。人通りの絶えた往還に、右善と竜尾の提灯のみが揺れている。

「へへ、大旦那とお師匠。すっかり冷えてしまいやしたぜ」

と、もう一つ提灯の灯りが加わった。

イザというとき助っ人に飛び出す算段で、伏見屋と京屋が同時に雨戸を閉めた時分から、外で見張っていたのだ。

右善は京屋夫婦に、昨夜伏見屋のお駒が、武家地の腰元らしい女とつなぎを取ったことは話していない。

「あしたも出張《でば》りやすかい」

「わからん。帰《けえ》ってからゆっくり考えよう」

歩を筋違御門橋のほうへゆっくりと進めながら、藤次が言ったのへ右善は返し、

「それ以外ありません」

竜尾も言った。

「そうですかい。ならばいずれにせよ、あしたまた顔を出しまさあ」

と、藤次の提灯が、ならんで揺れる二つの灯りから離れた。

それらの提灯に、虚脱感はなかった。逆であった。三人はそれぞれに、きょう伏見屋が動かなかったことへ、

(かえってなんらかの算段が動いているのではないか)

そんな疑念を感じていた。

右善の胸中では京屋を出るときからすでに、京屋に算段のあることは確信に近いものとなっていた。

だが、なんらかの算段とはなにか……。

それがわからない。

三　仇討ち再犯

一

昨夜、

「──いずれにせよ、あしたまた顔を出しまさあ」

と、言ったとおり、岡っ引の藤次が湯島一丁目の療治処に顔を出したのは、一日が明けた午過《ひるす》ぎだった。

藤次一人ではなかった。右善のせがれの児島善之助が一緒だった。藤次はいまは右善に頼まれ善之助についている岡っ引だから、二人がつながって来るのになんら不思議はない。着ながしに黒羽織を着《つ》け、髷《まげ》も粋《いき》な小銀杏《こいちょう》で誰が見ても八丁堀の旦那とわかる。かつて右善もこの姿で江戸の町を闊歩《かっぽ》していたのだ。

右善が隠居して竜尾の療治処に見習いで入った当初、冠木門をくぐる患者たちに威圧感を与えないため、前身が北町奉行所の同心であることを周囲には伏せた。そのときは善之助に療治処に出入りすることを禁じ、どうしてもつなぎが必要なときは、嫁の萌《もえ》が来ていた。

だが、右善がかつて八丁堀姿で町々を闊歩していたとあっては、

「――これは児島の旦那じゃありませんか」

と、湯島でも知っている者があり、すぐに身分はばれた。

さいわい右善の気さくな性格から、患者たちに威圧感を与えることなく、逆になにかと頼りにされ、

「――療治処の女師匠、またとない、いい用心棒を入れなさった」

と、湯島の町衆は歓迎した。

それからは善之助も来るようになった。だがやはり奉行所の同心が来たとあっては、スワ事件かと緊張する者もいる。だからいつも正面の冠木門を入らず、裏手の勝手口をそっとくぐり、人目につかないように離れの部屋に入ったものだった。

いまではときおり来る若い八丁堀姿が、

「へぇえ、あのご隠居のせがれさんかね」

と、近辺に広く知られ、その同心姿にかえって親しみを持つようになっている。見まわりの途中などで父の右善を訪ねるときも、堂々と冠木門から入っている。

ところが、この日は違った。時刻は午後で、おもての療治部屋にも待合部屋にも患者はおらず、いるのは右善だけである。それでも善之助と藤次は、裏手の勝手口からそっと入り、藤次が庭づたいに母屋の縁側のほうへまわり、

「大旦那、こちらでござんしょうか」

と、障子越しに療治部屋へ声を入れた。いま大きな事件を追っている最中である。やはり同心が出入りしているのをまわりに見せ、緊張を誘うのは避けたいとの思いが働いているようだ。

「おう、来たか。待っておった。上がれ」

右善は返した。午前中の炭火がまだ残っている療治部屋で、薬研を挽き薬湯の調合をしていたのだ。

昨夜、伏見屋に動きはなかった。だが、暗い夜道を帰りながら感じた疑念が、離れの部屋で蒲団を敷き、掻巻《かいまき》をかぶってからも脳裡を離れなかった。

（見えぬところで、なんらかの算段が動いているのではないか）

それへの警戒である。

どのようなものが考えられるか、それを藤次とゆっくり話したかった。竜尾が留造を薬籠持に往診に出かけ、療治部屋で一人薬研を挽きはじめてからも、その疑念が脳裡に膨《ふく》らむばかりだったのだ。

そこへ庭から藤次の声である。〝上がれ〟との右善の声は弾《はず》んだ。

藤次は庭から返した。

「へい、大旦那。離れのほうで善之助旦那がお待ちで」

「なに、善之助が？　ちょうどよい。奉行所の動きも知りたいところだったのだ。こっちへ呼べ。火があってあったかいぞ」

右善は腰を上げ、明かり取りの障子を開けた。

藤次は庭先に立ったまま、

「それが、離れのほうで話したい、と」

「ん？　そうか」

右善は、鍼の稽古台を警戒し奥にこもっているお定に声をかけ、縁側に出た。

お定はいそいそと奥から出て来て、

「これは藤次の親分さん。離れですね。すぐ炭火とお茶を用意しますので」

「お茶は三人分だ」

「はいはい、三人分でも四人分でも」

右善が言ったのへお定は上機嫌で返し、すぐ奥に引き返した。右善への来客は誰でもいい。それも多いほうがいい。ともかくそのあいだは、右善から声がかかり鍼の稽古にされるのを免れる。

右善は縁側から庭下駄を履き、藤次と一緒に離れへ向かった。

「父上、話がありまして」

と、善之助は火の気のない部屋で端座の姿勢で待っていた。

「儂《わし》からもなあ、話があるのだ」

と、右善が腰を据えるのと、お定が炭火を持って来るのが同時だった。

「これはこれは、お客は善之助さまでしたか。いつでも来てくださいましよ。お茶はすぐ用意しますから」

お定は手あぶりに多すぎるほど炭火を入れながら言い、すぐに退散した。

炭火の燃え盛る手あぶりを囲み、三人は鼎座《ていざ》を組んだ。

「さあ、足をくずせ」

右善に言われ、善之助も藤次もあぐら居になった。このほうが話しやすい。

「実は、父上がいま手をつけておいでの件に係り合うことについて、是非お耳に入れておきたいことがありまして」

「おおう、そうか。儂もなあ、それについておまえと直接話しておきたいと思うてなあ。概要は藤次から聞いておるじゃろから省略するが……」

と、善之助が言いかけたのを右善はさえぎり、

「まだ年端《としは》も行かぬ娘を、まるで犬か猫のように殺された親の無念は、想像を絶するものがあろう。その無念を幾許《いくばく》かなりとも晴らさせてやりたいのは、人の情というものだ」

善之助も藤次も無言のうなずきを見せた。

「そこにご法度《はっと》に背《そむ》くことがあっても、大目に見てやるのも人の道と思うてなあ」

右善がつづけたところへ、玄関口にまた音が立ち、お定が部屋に入って来て茶の用意をととのえた盆を手あぶりの横に置き、

「ゆっくりして行ってくださいねえ」

と、鍼の危険はないものの早々に退散した。

中断した話を善之助が引き取った。

「その件なのです。このあともお玉ケ池にいかなる事件が起きようと、それが町衆の仇討ちだということはじゅうぶんに心得ております。したが、そこにいささかややこ

しい問題が出来《しゆつたい》いたしまして」

「そうなんでさあ。あっしも善之助旦那から聞いて驚きやした。これはともかく大旦那の耳に入れておかなきゃならねえと思いやしてね。それで一緒に来たってわけなんでさあ」

藤次も言い、

「ん？　なにやら仔細のありそうな。まさか老中の松平さまが、町人の仇討ちを赦《ゆる》すなどの策を打ち出したとか。そんなことはあるまいが」

右善が言ったのへ善之助は、

「まじめに応えてください。私は冗談を言いに来たのではないのですから」

真剣な表情で返し、

「松枝町《まつがえちよう》の覚然《かくねん》のことです。伏見屋に関わるというより、お清をダシにしているような、けしからん話なのです」

「ん？　どういうことだ。詳しく話せ」

右善は善之助を見つめた。かつての自分を見ているような気分になる。若いころ、右善もけっこう堅物《かたぶつ》だった。だから年行《としゆ》きを経たいま、くだけた人物になっているのかもしれない。

善之助は真剣な表情で語った。

「藤次から聞きましたが、父上もお玉ケ池界隈で、お清の霊だの祟りだのといったうわさがながれているのをご存じでしょう」

存じるも存じないも、大晦日の夜からそのうわさをはね返すために、竜尾とともに尽力してきたのだ。

「知っておる。さきをつづけよ」

「昨年、暮れのことです」

「つまり、先月だな」

「はい。城中でお奉行の柳生久通《やぎゅうひさみち》さまが、旗本支配のお目付《めつけ》から内密に声をかけられたそうなのです」

「内密に?」

「はい、内々にです」

「内容は?」

「そこです。お玉ケ池の旗本が、町場の者となにやら揉め事を起こしているらしく、旗本と町衆の事件に発展せぬよう、よろしく計らっていただきたい、と近くの屋敷からお目付に訴えがあったらしいのです」

「ふむ。それがいかなる揉め事か、町衆が係り合っているから町奉行所で調べよ、とお目付がお奉行に依頼しなすったのだな」

「そうなんです。お目付が旗本を評定所《ひょうじょうしょ》に呼びつけ、訊問すると角《かど》が立ち大事《おおごと》になるから、と」

「ふふふ。お城のお目付らしいわい。面倒な仕事は奉行所に押しつけるたあ」

伝法な口調で右善が言うと、藤次もうなずきを示した。

言いながら右善は、伏見屋の仇討ちの件を脳裡に思い浮かべていた。それもまた、〝お清の霊〟と深く係り合っている。というより、表裏をなしているのだ。

ところが話を聞けば、係り合いはあるが違っていた。

善之助はつづけた。

「訴えによれば、町場の者と揉めているお玉ケ池の旗本は、伊村《いむら》家という小普請組《こぶしんぐみ》二百石の屋敷だそうです」

小普請組とは、禄《ろく》だけを食《は》み役職のない旗本の一群のことである。幕府のお荷物である。小普請組の者に、よほどの才覚か運がなければ、柳営《りゅうえい》（幕府）のなかで明日はない。また、よほどの失態さえなければ、家が取り潰《つぶ》されることもない。

「その伊村家というのは、まさか……」

「へえ、そのまさかなんで」

応えたのは藤次だった。

伏見屋はその屋敷を掌握しているはずだ。もちろん、もう一人の屋敷もである。だが右善は、それを敢《あ》えて質《ただ》さなかった。追いつめ衝動に走らせてはまずいと判断し、伏見屋に無謀な仇討ちを思いとどまらせ、みずから打ち明け合力を求めて来るのを待つ算段だったのだ。

「お察しのとおりでさあ。その屋敷の部屋住が、六年前《めえ》お清を殺した三人組の一人だったというわけで」

藤次は明言したが右善は首をかしげ、

「それでお目付は伏見屋をどうしろと？」

善之助に視線を向けた。

善之助は応えた。

「対象は伏見屋ではありませぬ。隠密廻りの色川矢一郎《いろかわやいちろう》どのの助勢を得て探索して判ったのですが、伊村家と揉めているのは、伏見屋とおなじ松枝町に祈禱所を設《もう》けている、山伏の覚然でした」

「覚然が？　どういうことだ。あ、わかった」

右善は予想と違っていたが覚然と聞き、すぐに察した。

「なるほど、覚然も〝お清の霊〟のうわさを撒《ま》きながら三人の部屋住を割り出し、あるいは割り出したからうわさを撒いたのかは知らんが、大枚《たいまい》な祈禱料をせしめようとしたのだろう」

「そのとおりです。色川どのの探索によれば、どうやら片方の屋敷は覚然を招き、大枚の金子《きんす》をかけて屋敷内で護摩焚きまでやったそうですが、伊村家のほうは覚然の申し出を受けつけず、覚然もまたしつこく、怒った伊村家では覚然を激しく打擲《ちようちやく》し、屋敷から叩き出したそうです」

「ほう。それはまた片方と正反対なことを」

右善は伊村家の措置に驚きもしたが、感心もした。

小柳町の上州屋では竜尾を呼び、太兵衛が腰を痛めたのを鍼療治によって、祟りだ呪いだのといったうわさなど立たせず、乗り切ったのだ。

善之助はつづけた。

「はい。その騒ぎは、普段は静かな武家地で、けっこう目立ったそうです。それが去年、そう、先月の慌ただしい日々のつづくなかでのことだったらしいです。そのあと覚然にも意地があるのか強欲なのかは知りませんが、毎日のように武家地へ出向き、神仏を畏《おそ》れぬ伊村家には近々、仏罰が下ろうなどと言いふらし、伊村家の者が出張《でば》って無理やり追い払ったりもしているそうです」

「そのあと毎日のようにとは、正月三ケ日もか」

右善は確認するように、藤次に目を向けた。

藤次は悪びれるように、

「へい。あっしは気づきやせんでしたが、申しわけありやせん」

「いや、おめえが悪びれることはねえ。おめえには町場の松枝町のほうを頼んでいたのだからなあ」

右善は言ったが、そのとおりである。別件の探索もあるなか、藤次の目は上州屋と京屋に向けられていた。だが、覚然が出向いているのは武家地であり、そのほうにまで目を向ける余裕はなかった。

「覚然への探索など、おめえの手出しできねえところだからなあ」

右善は言ったものの、やはり藤次は恐縮の態《てい》になり、善之助はつづけた。

「私も着ながしに黒羽織を着けていたのでは、どうも手がつけにくく……」

悪びれるよりも、悔しそうな表情だった。

支配違いの件である。武家地の旗本屋敷はもとより目付が管掌《かんしょう》するところであり、町方の手は及ばない。

覚然も似たようなものだった。山伏であれば、寺社奉行の支配対象となる。その覚然の動きがまた武家地とあっては、ますます町方は手を出しにくい。ともかく支配違いというのは、うるさいものなのだ。

善之助はぽつりと言った。

「だから、探索は隠密廻りの色川どのに……」

その色川から、善之助は武家地と覚然の動きを仕入れたのであろう。

「ふむ」

右善は得心したようにうなずいた。

隠密廻り同心の色川矢一郎は、右善の現役時代の配下だった。職人姿の得意な、隠密廻りにふさわしい有能な同心である。その色川が年末年始にかけて探索した報告に、間違いはないだろう。そこに右善は肯是《こうぜ》のうなずきを入れたのだ。

「武家地への探索がお奉行からの下知《げじ》とあっては、いま話したことは当然、お奉行にも伝わっているのだろうなあ」

「むろん」

右善の問いに善之助は返し、

「お奉行は、探索を継続し逐一報告せよ、と」

「それをきょうあっしも聞かされ、こいつぁ湯島の大旦那に知らせておかなきゃならねえと思いやしてね。きのうのこともありやすから」

藤次が言い、

「で、きょうも行きやすかい。覚然がこうも直截《ちょくさい》に絡んでいたとあっては、ますます気になりまさあ」

つづけたのへ善之助は、

「いかように」

と、右善の顔をのぞきこむ仕草を見せた。すでに藤次から、伏見屋や京屋の動きを聞いている。伏見屋と覚然の動きが絡み合って事件が起きれば、管掌は町奉行か目付か寺社奉行か、いっそう複雑なものになることは目に見えている。

右善が善之助と藤次の視線に、

「そのことよ、どうすべきか儂《わし》も迷っておる。うーん、伏見屋と覚然、それに旗本の伊村家か……」

つぶやくように返した。

二

これといった策が思い浮かばないのは、右善だけではない。善之助も藤次も同様だった。なにしろ事態は、ますます複雑さを帯びてきたのだ。

三人が手あぶりの炭火を囲み、考えあぐねているところへ、また玄関口からお定の声が入って来た。

「右善の旦那へ、またお客人が」

年寄りながら弾んだ声だった。

右善が部屋から、

「客人？　誰だね」

「松枝町の京屋さんさね。そこの藤市旦那が直接」

「えっ」

右善は腰を上げ、玄関口に出た。部屋からふすまを開ければ、もうそこが玄関の狭い板敷きになっている。離れといっても、物置を改装しただけの部屋なのだ。

狭い三和土《たたき》に立つお定に、右善は声を忍ばせ、

「いまどこに」

「どこにって、母屋の玄関口さ。お師匠は出かけているって言うと、右善の旦那に用だって」

「おう、そうか。居間に上げておいてくれ。すぐ行くから。そうそう、いまここに来ているのが善之助と藤次だってことは……」

「言っていないよ。ただ来客中とだけ」

「うむ、それでよい」

右善は部屋に戻り、

「そういうわけだ。ちょいと行って来る。おめえら、ここで待っていてくれ。向後《こうご》の策が練れそうだぞ」

言うと外に出た。お定はもう母屋のほうへ帰っていた。

きょう京屋藤市が療治処に来るなど、想定外のことだった。それも緊急の用ではなさそうだった。緊急なら藤市ではなく、双方で話し合っているとおり、奉公人の手代か小僧が駈けこんで来るはずである。

ともかく右善はホッと息をついた。もし善之助と藤次が来たとき、炭火であたたまっているとはいえ、療治部屋に上げて話しこんでいたなら、同心と岡っ引のそろっているところに、藤市が鉢合わせになっていただろう。京屋藤市は、右善がお上の御用から離れていることで安心し、合力を求めているのだ。

右善が裏手の勝手戸から母屋に入り、居間に行くと、藤市はすでに居間で端座の姿勢で待っていた。かたわらに風呂敷包みが置いてある。来たときは小脇に抱えていたのだろう。菓子屋のあるじが人を訪《おとな》うのに風呂敷包みを持っていたなら、中身は想像がつく。お定たちが甘い物にありつけるのは、これで三日連続となる。さきほどお定の声が弾んでいたはずである。

右善が藤市と向かい合わせに端座を組むと、お定がすぐにお茶を淹れた盆を運んで来た。

「ご来客でお忙しいところ押しかけまして、まことに申しわけありませぬ」

藤市は丁寧に詫びを入れるとさっそく用件に入り、冒頭に言った。

「心配なのです。ですが、今宵も右善の旦那と竜尾師匠に来ていただき、昨夜のようであれば、ほんに申しわけないことでございます」

京屋藤市はほんとうに伏見屋を案じている。そこに右善は大晦日の夜、療治処に駈けこんで来た、上州屋平吾郎に対する日々屋太兵衛の姿を重ね合わせていた。これが町家の絆《きずな》というものであろう。

武家地ではおなじ不肖の次男を持った屋敷でも、一方は怪しげな山伏に大枚の祈禱料を払って騒ぎになるのを避け、片方は断固拒否しその者を打擲し屋敷から叩き出している。もう一人いた不肖の次男坊の屋敷では、まったく鳴りを潜めているようだ。それらの屋敷に、連携するようすはまったく見られない。

右善は端座の足をあぐらに組み替え、伝法な口調で言った。

「きのうも言ったじゃねえか、おめえさんが謝ることはねえ、けえってよかったじゃねえかってなあ。で、きょうわざわざ来なすった用件はなんなんだろう。伏見屋を押しとどめる、いい方途でも見つかったかい」

「いえ、そんなんじゃありません。きょう女房がさりげなく伏見屋さんに顔を出しました。それでわかったのですが、ご新造のお駒さんが風邪気味で、昼間は動いても冷え込みが増す夕刻には、葛根湯を飲んでさっさと床についておいでとのことでした」

「ほう、風邪気味で外に出たんじゃ、こじらせるばかりだからなあ。ふむ、なるほど当分は夜の待伏せに出ねえってことだな」

「はい。それをお知らせにと思いまして」

藤市の言葉に嘘はないようだ。右善と竜尾にむだ足を踏ませないようにと、わざわざ知らせに来たことになる。イザというときに備え、ほんとうに右善を頼りにしている証《あかし》かもしれない。

　藤市は告げると最後にふたたび言った。

「急な動きがあれば、手代か小僧を走らせます。そのときはなにとぞ」

「わかっておる。伏見屋はあくまで仇討ちだ。なにがどうであれ、お上の手に落とさせるようなことはしねえ」

　右善が返したのへ、藤市はあらためて安堵の表情を見せた。

　帰るとき、

「つまらないものですが」

　風呂敷包みを解いた。

　さすがに三日つづけて大福餅ではなかった。日持ちのする落雁《らくがん》だった。固いが年寄りにも好まれている。口にふくみ、溶けるにしたがい口の中にじわりと広がる甘さが、嚙みくだくよりなんとも味わいのあるものとなる。

　お定は大よろこびで、冠木門の外まで出て京屋藤市を見送った。

「と、まあ、そういうことだった」

　さっそく離れに戻った右善は、待っていた善之助と藤次に、京屋藤市の来意を詳しく語った。

さすがに藤次は老練な岡っ引か、かなりうがった見方を示した。

「京屋の旦那、あっしと名が似てるからってんじゃありやせんが、大旦那の見立てどおり嘘は言っておりやせんでしょう。ただし、伏見屋にうまく乗せられたのかもしれやせんぜ」

「どういうことだ」

問いを入れたのは善之助だった。

藤次は応えた。

「お恥ずかしい話でやすが、おとといの夜、京屋とあっしが尾けたのを伏見屋夫婦は気づいたのかもしれやせん。伏見屋は京屋夫婦の気持ちを痛いほどわかりながらも、お清の仇討ち一途《いちず》に固まっており、じゃまはされたくない。そこで京屋に油断させようときのうは出かけず、その理由をご新造の風邪のためとした。京屋夫婦の目はゆるみやしょう。風邪気味で昼間は仕事をしても、夕方には床に入るってのは、都合よすぎやしませんかい。それを数日つづけ、まだ風邪が治らねえと言やあ、京屋夫婦はますます油断しまさあ」

「そこでまた待伏せに出る?」

問いは善之助だった。

右善が応えた。

「藤次の見方、当たっているかもしれねえぜ。だが善之助の言う〝また待伏せ〟ってのは、ちょいと思慮が足りねえなあ」

親子だから歯に衣《きぬ》を着せない。右善はそのままつづけた。

「善之助は藤次の言った、伏見屋が武家地の女とつなぎを取ったというのを聞いちゃいねえのかい。すでになにか別の手段を意図しているのかもしれねえ」

「どんな」

と、善之助。

右善がまた言う。

「それがわからねえから困ってるんじゃねえか」

「それなら、伏見屋の新造がほんとうに風邪気味かどうか、調べてみましょうか」

「無駄だ、というより逆効果だ。探りを入れに来たと感づかれりゃ、警戒心を高めることになるだけだ。あとがけえってやりにくくならあ」

「は、はい」

善之助は返す以外なかった。

右善にとって、ほんとうに風邪気味かどうか調べる方法は簡単だ。もう一度竜尾と一緒に伏見屋に行けばいいだけである。竜尾はすぐに真偽を見破るだろう。だが、扇子を二度も買いに行くのは不自然だ。やはり伏見屋を緊張させるだけのことになるだろう。

藤次が善之助に視線を向け、言った。

「仕方ありやせん。あっしが毎日夕刻近く、伏見屋を張る以外《いげえ》ねえようで。よござんすかい」

「えっ」

と、善之助は返答に困った。張るといっても、いつまでつづくかわからない。別件の探索もあり、松枝町に毎日となると藤次の体力にも限界がある。

右善は言った。

「いや、動きがありゃあ、京屋から療治処《ここ》につなぎがあるはずだ。それから動いても遅くはなかろう。藤次はこれまでどおり、それとなく気をつけているだけでいいぜ。それよりも京屋からつなぎがあったとき、藤次に儂からすぐつなぐにはどうすりゃいいかだ」

「わかりやした。これからしばらく、あっしが毎日《めえにち》ここへ来て、うたたねでもさせてもらいまさあ。あっしが来られねえときは、佐市《さいち》を寄こしまさあ」

「ほう、佐市を」

右善が返し、善之助もうなずいた。藤次の娘婿《むすめむこ》である。

内神田の鍛冶町《かじちょう》に夫婦で小ぢんまりとした大工道具の店を出している。八丁堀の組屋敷ではすでに右善から善之助に世代が代わったように、藤次も佐市に岡っ引の座を譲りたいと真剣に考えている。そのためにいまはときおり佐市を連れ出し、下っ引に使って岡っ引稼業に慣れさせようとしている。

白河くずれとマタギの男が鉄砲で老中の松平定信を狙おうとしたときも、二人を尾行する役目を、佐市はじゅうぶんに果たしている。

「期待しておるぞ」

右善は言い、また善之助に視線を向け、

「色川矢一郎にも、きょうここで語った京屋と伏見屋の動きを知らせてやれ。武家地を探索するにも、いい材料となるだろう。儂からも話しておきたいから、一度ここへ来るように言っておいてくれ」

「承知しました」

善之助は明瞭に返したが、

(言われなくても、わかっておりますよ)

そんな表情だった。

右善はなおも善之助から視線を外さず、

「くれぐれも言っておくが、いかなる事態になろうと、伏見屋夫婦に縄をかけてはならんぞ」

「それは、まあ、仇討ちであれば……」

歯切れは悪かったが、返していた。

藤次と八丁堀姿の善之助が、裏の勝手口から目立たぬようにそっと帰ったとき、竜尾と留造はまだ往診から帰っていなかった。

竜尾たちが帰って来たのは、陽がようやく西の空にかたむきかけた時分だった。迎えに玄関まで出たお定が、さっそく京屋藤市が手土産を持って右善を訪ねて来たことを報告していた。これで留造と一緒に落雁を口に入れ、じわっと広がる甘みを味わうことができる。

夕餉の座で右善は、伏見屋のお駒が風邪らしいことを話した。もちろん、仮病《けびょう》かもしれないことをつけ加えた。

竜尾は膳に箸を動かしながら言った。

「そりゃあ顔色を診《み》て問診《もんしん》すれば、仮病かどうかその場でわかります。でも、そんなことで扇子をもう一把《いちは》買いに行くなんて、お駒さんに悪いですねえ。それにもしほんとうだったら、わたくしがうつされます」

「それもそうだなあ」

右善は応え、やはり今宵から当面こちらからは出向かず、京屋からのつなぎを待つことになった。

膳のかたづけに入ったお定が、

「なんですかねえ。右善の旦那が離れに入られたとき、あたしらの仕事が減るかとよろこんでいたら、逆に増えてしまいましたよ」

「それで病《やまい》以外のことで助かった人が、一杯《いっぺえ》いるじゃねえか」

膳を重ね持った留造が返した。

「すまんなあ。なぜかいつもこうなってしまう」

「それだけ世のため、役に立っているじゃありませんか」

右善が詫《わ》びたのへ、竜尾は言っていた。

三

「へへ、あっしが午前最後の患者でございやすかい」

と、縁側の踏み石に甲懸《こうがけ》の足袋《たび》を脱いだ男がいた。大工や左官が現場で履く、足首まで覆い紐《ひも》できつく結んだ足袋である。職人たちはいちいち履き替えるのが面倒で、外を歩くときも甲懸を履いたままの者が多い。男は肩に、湾曲した木の柄の先端に刃物を取りつけた、木を平らに削る手斧《ちような》を引っかけているところから、一見大工とわかる。股引《ももひき》に腰切半纏《こしきりばんてん》を三尺帯で決めた職人姿も堂に入っている。

踏み石には地味な男物と女物の草履が一足ずつならんでいた。待合部屋に順番を待っているのは町内の婆さん一人で、療治部屋ではこれも町内の爺さんが、右善から灸を据えてもらっていた。

大工が腰をさすりながら縁側に上がると、待合部屋は婆さんと二人になった。

「ありゃ、おまえさん。ときどき見かける顔だねえ。またどこかの普請場で屋根から落ちて腰でも痛めたかね」

「まあ、そんなところでさあ」

「ははは。おまえさん、まだ若そうだからすぐに治るさ、ここで鍼を打ってもらえばさあ」

「へへ、そう願《ねげ》えてえもんで」

患者同士で会話が進む。いつもの療治処の風景である。

療治部屋と待合部屋は板戸で仕切られているだけで、どちらもおなじ縁側に明かり取りの障子をならべており、互いに声はまる聞こえである。

右善と竜尾は顔を見合わせた。

いま待合部屋に入ったのは、隠密廻り同心の色川矢一郎だった。善之助がさっそく色川に右善の伝言をつないだようだ。

町内の者はいつも療治処に右善を訪ねて来る藤次が、子息の定町廻り同心についている岡っ引であることは知っている。だが、ときおり来る大工職人が隠密廻りであることは知らない。本物の大工だと思っている。立ち居振る舞いも言葉遣いも職人であり、詮索する者はいない。だから隠密廻りなのだ。

留造とお定はそれを知っているが、口に出すことはない。権三と助八はそこに気づいていない。この〝大工〟も岡っ引のまねごとをしているようだとは感じ取っているが、それは自分たちもおなじである。きょう三八駕籠は送り迎えの必要な患者はおらず、午前中から内神田のほうを新たなうわさを求めてながしている。

さきに入った婆さんが療治部屋から縁側に出て、大工の色川が呼ばれた。患者はもういないのに、それでも色川は腰をさすりながら療治部屋に入る。腰を痛めた職人を扮《こしら》えれば、あくまでそれに徹する。隠密廻りの鉄則である。

だが、部屋に入ると事情は異なる。

そこに右善が待っている。

「おうおう、また腰を痛めたか。どれ、儂が鍼を打って進ぜよう」

「えぇえ！」

色川は下ろしかけた腰を引き、

「それればかりはご勘弁を」

声は真に迫っていた。

芝居ではない。さっき療治部屋を出た婆さんがまだ縁側にいる。

竜尾が縁側まで出て婆さんが一人で草履を履くのを見とどけると、

「それでは、お気をつけて」

声をかけ、療治部屋に戻って障子を閉めた。

部屋の雰囲気は変わった。待合部屋にも人はいない。場を離れに移すこともなく、炭火の暖かさが残る療治部屋がそのまま膝詰《ひざづめ》の場となった。

「善之助や藤次たちから、町場の話は聞いたろう」

「へい、聞きやした」

色川は伝法な口調で応えた。職人姿を扮えているときは、自然に言葉もそうなる。見かけだけではなく、なり切らなければ変装とはいえない。右善も自然、それに合わせたもの言いになる。

横で竜尾が部屋のかたづけにかかっている。本来なら見習いの右善の仕事だが、きょうは異なる。

色川は話した。

「武家地では覚然がもったいぶった行衣《ぎょうえ》で錫杖《しゃくじょう》の鐶《かん》を鳴らしながら徘徊《はいかい》し、とくに伊村家の屋敷では門前に陣取り、〝このお家には怨霊《おんりょう》が取り憑《つ》いてござーる。祓《はら》わねば大変な災いに見舞われましょうぞ〟などと声を上げ、これみよがしに滅罪真言《めつざいしんごん》などを唱えはじめるんでさあ」

「ほう。概略は善之助から聞いているが、それほどまでに目立ったことをしておったのか。伊村家じゃさぞかし、うっとうしいことだろうなあ」

「むろんでさあ。そのたびに屋敷から人が飛び出し、ときには打擲《ちょうちゃく》までしていやしたが、いまでは覚然めすっかり要領がよくなり、門扉《もんぴ》が動くとさっと逃げ、人が去ると舞い戻って来て……」

「また滅罪真言ですか」

と、竜尾も興味を持ったか、二人の横に座りこんだ。

「そうなんでさあ。まるでイタチごっこでして」

「もう一方のお屋敷は、覚然に祈禱を頼んだということですが、そちらはどうなっております」

「おお、それじゃ。もう揉め事の対象にならねえと思い、きのうは家名も訊かなんだが、実際はどうなんだ」

「へえ、鳩山《はとやま》家といいやして、すでに部屋住が〝お清の祟り〟で沼地に引きこまれた屋敷とおなじ二百石取りの小普請組の家柄でやすが、なぜか裕福で、庭で護摩焚きまでやったのは事実のようで」

「ふむ、それで覚然は鳩山家にゃ嫌がらせをせず、もっぱらまだ応じようとしねえ伊村家に集中しておる、と」

「さようで」

「まあ、鳩山家は金で災厄を祓った、と」

「いいえぇ、とんでもござんせん。すでに祟られた屋敷も含め、護摩焚きをした鳩山家も、拒んでいる伊村家も、なんで祟られているかが周囲に知れわたりやして、御三家とも肩身の狭い思いをしておりまさあ」

色川は皮肉をこめ御三家などと表現し、右善も竜尾も苦笑した。

色川の言葉はつづいた。

「御三家とも、腰元や中間《ちゅうげん》など奉公人たちがつぎつぎとやめ、口入屋《くちいれや》も伊村家をはじめ御三家への奉公人の口入れ（斡旋）には二の足を踏み、各屋敷とも人捜《ひとさが》しに四苦八苦していまさあ。まあ、不逞《ふてい》な部屋住を出したのがそもそもの発端《ほったん》で、自業自得でさあ。錫杖を鳴らしながらそれを武家地に広めたのは、覚然の功績といやあ功績になりやすかねえ」

「なにが功績ですか」

竜尾が怒ったように言い、

「二年前に不逞な部屋住の一人が沼地で死んだのを、覚然はお祓いの材料に利用しているだけではありませんか。許せませんよ」

「そう、許せやせん。あっしはなにも覚然を褒《ほ》めてはいやせんぜ。ただ覚然がお玉ケ池の武家地で、しきりに〝お清の霊〟を吹聴《ふいちょう》してるってことでさあ」

「そう、それが許せねえ。したが、覚然が吹聴したおかげで、残っている二人を追いつめることになったと言えなくもねえぜ」

「右善どのまでさようなことを」

「まあ、許せねえ動機での、うわさの撒き散らしってことだ」

右善は色川の話と竜尾の憤懣をまとめるように言い、

「いまやらねばならねえのは、伏見屋夫婦をお清の仇討ちとはいえ罪人にさせちゃならねえってことだ。で、お城のお目付やお奉行はなにを警戒してるんでえ。覚然と伊村家の者がなんらかの事件を起こし、目付と寺社奉行と町奉行所の三つ巴《みつどもえ》の騒ぎになるのを恐れているのかい」

「ずばりでさあ。だから伊村家のようすと覚然の動き、それに伏見屋の動向を詳細に知らなくちゃならねえって寸法で。武家地のほうはあっしがなんとかしまさあ。伏見屋のほうはよろしゅうお願《ねげ》えいたしやす。藤次もその気になっておりやすが、なにぶん善之助どのについている岡っ引で、無理はできやせん」

「けっこう無理をしてくれているぜ。下っ引の佐市も松枝町に入れるってなあ」

「それはあっしもきょう藤次から聞きやした。ですが、定町廻りについている岡っ引では、限界がありやして……」

「あははは、色川よ。きのう善之助が来たときも、どうも歯切れが悪かったが、つまり、なんだな。おもてにせず、なにごともなかったように収めてしまいてえ、とお奉行もお目付もお望みで、つまり裏仕事になる。そこへおもて稼業の定町廻りが八丁堀姿でこれ見よがしに動くことはできねえ、と」

「へえ、それもずばりで」

「ふふふ。だが色川よ」

「へえ」

「儂も裏仕事になる点ではお奉行やお目付の考えと一致しているが、どう処理するかは考えがちと異なるぜ」

「ふふふ、右善さま。わかっておりまさあ。あっしがこれまで右善さまの下で幾年働いてきたとお思いですかい。さっきもおっしゃったじゃござんせんかい、伏見屋夫婦を仇討ちとはいえ罪人にゃさせねえ、と。つまり、討たせる気なんでやしょう」

　色川は右善の顔をのぞきこみ、これまでかたわらで聞き役にまわっていた竜尾が、右善の代わりのようにうなずきを見せた。

　奥からお定の声が聞こえた。

「お師匠《しょ》さん、昼餉の膳は何人分用意しますか」

「ああ、あっしならおかまいなく。これから町場でちょいと」

「ふむ、わかった。頼むぞ」

隠密廻り同心が仕事を抱えているとき、町場のめし屋などに入って世間話に聞き耳を立て、ときにはそのなかに入ることも、きわめて大事なことなのだ。おそらく色川は職人姿で手斧を肩に、お玉ケ池界隈の一膳飯屋にふらりと入ることだろう。

「いつものとおりで、四人分」

「いいんですか」

竜尾が言うと、お定の念を入れる声が返って来た。

職人姿の色川は腰を上げ、

「善之助どのから聞きやしたが、ともかくあっしも、なにが起ころうと伏見屋夫婦には縄を打たねえよう、心がけておきまさあ」

「頼むぞ」

右善は見送りに縁側まで出た。

色川は縁側に腰を下ろし、甲懸《こうがけ》の紐を結びながら言った。

「したが、動いている隠密廻りは、あっしだけじゃありやせん」

「ふむ」

右善は低いうなずきを返した。

甲懸の紐を結び終え、踏み石を下りた色川に右善は言った。

「護摩焚きをやったという屋敷、ほれ、鳩山家といったか。そこはどうなっておる」

「ああ、あそこですかい。信心深《ぶけ》えというより、覚然の脅しに屈しておりまさあ。注意を向けるほどのこともございやせん」

「ふむ、それもそうだなあ」

色川の返事に右善は、納得のうなずきを返した。

四

午後の患家まわりは、妊婦のいる家があったので、お定が薬籠持についた。

留造も、右善が一人で療治部屋で薬研を挽いたり薬草の調合をしているとき、奥に引きこもっている。右善にすれば鍼の相手には、お定より留造のほうが声をかけやすいのだが、留造はそれを心得ているようだ。

「ま、仕方ないか」

右善はつぶやき、薬草の調合のまえに自分の足へ鍼を打ち、

「痛《いて》っ」

声を上げた。

この日、技量が未熟なだけではなかった。精神が集中できなかったのだ。

(伏見屋、動け。おめえらが動けば、引き止めることもできるんだぜ。そうすりゃあ一緒に、仇討ちの策も練れるんだぜ)

その思いが、念頭から離れないのである。

ともかく伏見屋夫婦が武家地へ待伏せに出向いたところを押さえ、説得して仇討ちの方途を一緒に練る以外、伏見屋を破滅から救う方途はない。暴走させたのでは返り討ちに遭うか、生き延びても殺しの科人《とがにん》としてお上の手に落ちるかのいずれかである。

色川矢一郎の言うように、動いているお上の手は他にもいるのだ。

竜尾とお定が往診から帰って来たのは、まだ陽のあるうちだった。

日の入りは近い。

夕餉をとりながらも、京屋の奉公人かそれとも藤次か若い佐市のいずれかが冠木門に飛びこんで来るのを待った。門扉《もんぴ》は閉めたが、潜り戸の小栈《こざる》は上げており、外からでも開けられる。

あたりが暗くなりかけたが右善は離れの部屋には戻らず、そのまま長尺苦無を脇に置き、竜尾と一緒に母屋の居間で待った。

「来ればいいのですが」

竜尾も言う。イザといった場合にそなえ、小型の苦無を用意している。忍者さながらの飛苦無である。

（来よ）

幾度念じたろうか。

「ほんとうにお駒さん、風邪気味なのかもしれませんねえ」

竜尾が弱気なことを言う。

そんなはずはない。となりの京屋と、藤次か佐市の二段構えである。伏見屋夫婦の動きを見逃すはずもない。

すっかり暗くなってから、提灯の灯りが潜り戸を入って来た。

急いで右善と竜尾は玄関に出た。そのまま飛び出せるいで立ちである。夜であれば竜尾も少々着物の裾をたくし上げ、乱してでも走れる。

提灯の灯りが玄関に入って来た。

「おう、佐市。おめえが張っていてくれたかい」

「へえ。義父《おやじ》に言われやして」

玄関口での立ち話になったが、佐市に息せき切ったようすはない。竜尾も玄関の板敷きまで出て来ている。

右善は言った。

「して、伏見屋のようすは」

「へえ、それが暗《くろ》うなってからも出て来るようすがありやせん」

「ふむ。それできょうはもう出かけねえだろうと判断した、と」

右善はまだ板敷きに立ったままで、そのなめうしろで竜尾が二人の会話《やりとり》を見守っている。右善の手には長尺苦無があり、竜尾のふところには幾本かの飛苦無が入っている。

「へえ、そういうわけで。申しわけありやせん」

佐市はぴょこりと頭を下げた。

すでに右善も竜尾も察してはいたが、その言葉で緊張は一気にしぼんだ。

右善は言った。

「なあに、おめえの判断は間違っちゃいねえ。きょう藤次の父《とっ》つぁんが出張《でば》っていてもおなじ判断をし、いまごろここで儂らと話していたことだろうよ」

「そう言っていただけりゃあ」

と、佐市の表情に安堵の色が見られた。

「まあ、上がれ」

と、右善は遠慮する佐市を居間に上げ、竜尾はお定と留造に簡単な夜食を用意させた。この時分のことで用意できるのは、梅干しの茶漬けと香の物くらいだが、熱いのがなによりの馳走《ちそう》である。佐市は相当腹が減っていたようだ。

膳を運んで来たお定は、

「ほんとう、岡っ引さんの仕事も大変なんですねえ」

と、目を丸くしていた。外はまだまだ寒いのだ。

食後に出した落雁には驚き、

「これは！　女房に持って帰《けえ》ってやりやす」

と、紙に包もうとするものだから、竜尾はまたひと皿用意した。竜尾はまえの事件のときに佐市と会っており、留造とお定も佐市が藤次の遣いで来たとき一度会っているが、居間に上げゆっくり話をするのは初めてである。

ひと息ついたところで右善が、

「どうだい、鍛冶町の金物屋はうまく行ってるかい」

「金物も扱っておりやすが、本業は大工道具屋でやして」

「おう、そうだったなあ。で、景気はどうだい」

「へえ。女房のお勢《せい》がよくやってくれやすので、まあ、なんとか」

うまく行っているようだ。このお勢が、藤次の娘である。

「ほう、ほうほう」

と、右善はしばし松枝町から離れ、目を細くした。右善はお勢が小さなころから知っている。お勢はそのころからしっかり者だった。

右善が佐市に期待を寄せるのは、女房がお勢であったからかもしれない。商いのかたわら御用稼業に足を入れるなど、女房がよほどしっかりしていなければできるものではないのだ。

すっかり引きとめてしまった。留造とお定が手燭を手に冠木門まで出て見送ったとき、酒もいくらか入っていた。

母屋に戻って来た留造とお定は、

「藤次さんも、いい跡継ぎに恵まれなすった」

「お勢さんという人、会ってみたいねえ」

などと、口をそろえて言っていた。

離れに引き揚げ、一人になってから右善は思った。善之助に対してである。

（支配違いのはざまに立たされ、もどかしく思っていることだろう。それが同心の宿命だ。そういうときはなあ、秘かに決着をつけるのが、まわりに迷惑をかけねえ最善の方途だぜ。このさき、どうなるかわからねえが、佐市とは逆に手を出さず、黙って見ておけ）

『しかし、父上』

善之助の声が聞こえたような気がした。

翌日、京屋からのつなぎがないまま、暗くなってから来たのは、

「へい、岡っ引稼業に慣れさせるため、当面、佐市と交替で出張りまさあ」

と、藤次だった。

この日も伏見屋夫婦に夕刻の外出はなかったものの、

「ご新造さんの風邪ってのはほんとうかどうか、どうもわかりやせん。夕刻近く、風がすこし吹いたときでさあ。外に出て来て往還の枯葉を掃いていたものの、すぐ寒そうに中へ入《へえ》りやしたからねえ」

観察はそれだけではなかった。

「お隣さんが目を光らせていることにも気づいちゃいやせんぜ。おなじように出て来

た京屋のお福に、気軽に声をかけていやしたから、伏見屋が京屋に目くらましをかけようとしているのなら、そこでゼエゼエ風邪のまねごとでもするはずでさあ。夕刻の出陣がねえのは、ほかに理由《わけ》があるんじゃねえでしょうかねえ」

藤次は居間に上がるのを謝辞し、玄関口で立ったままの会話になった。竜尾も玄関の板敷きまで出て来ている。きょうも竜尾はふところに飛苦無を忍ばせ、右善の手には長尺苦無があった。

右善は藤次の言葉を受けて言った。

「そうなりゃあ、おめえが見た、伏見屋のお駒とつなぎをとっていたという女が気になるなあ」

「へえ、あっしもそう思いやす。あのとき、女のあとを尾けてりゃよかったと悔やまれまさあ」

「まあ、それはあとからの考えだ。気にすることはねえ。どうだ、その女、もう一度見りゃあわかるかい」

「無理でさあ。あのときはすでに暗く、灯りは提灯だけで、女とわかるのが精一杯《せえいっぺえ》でやしたから」

「そうだろうなあ。あのとき、実際に暗くなっていたからなあ。うーむ」

　右善は玄関の板敷きに立ったまま腕組みをし、

「ここはひとつ、もう一度京屋と話し合って、方策を変えてみるか。といっても、新たな妙案があるわけじゃねえが」

「それも一案でやしょうが、もうひと晩、張ってみやしょう」

「そうしてくれ。あしたは佐市か。おめえら親子にばかり苦労をかけてすまねえ」

「滅相もありやせん。善之助旦那からもよろしゅう頼むと言われておりやす」

「ふむ。お勢にも儂からと、よろしゅう伝えておいてくれ」

「そりゃあお勢め、よろこびやすぜ」

　言うと藤次はきびすを返した。

　藤次の背が玄関を出て、灯りが見えなくなってからも、右善と竜尾は玄関の板敷きに立っていた。竜尾が言った。

「やはりあした、もう一度わたくしが扇子を買いに行ってみましょうか。なにかわかることがあるかもしれません」

「ふむ。そうしてもらうしかないか。もちろん、儂も行く。薬籠を抱えてなあ。ほんとに竜尾どのにまで迷惑をかけてしまい、申しわけねえ」

「そんなことありませんよ。わたくしも、お清ちゃんを虫けらのように殺した者たちが許せないのです。伏見屋さんの気持ちが、痛いほど響いてきます」

奥からお定が出て来た。

「ありゃりゃ。藤次さん、お帰り？　膳の用意、するかどうか訊きに来たのに」

留造もお定も、右善がいつも踏み入れる裏走りの、そのまた裏手を支えているのだ。

五

翌日である。かけ声とともに、三八駕籠が冠木門を入って来た。

患者を乗せて来たのでも迎えに来たのでもない。療治部屋にも待合部屋にも人はいない。陽はまだ西の空に高いが、すでにかたむきはじめそろそろ夕陽になろうかといった時分である。

「――そういうふうにしてくださりゃ助かりまさあ」

留造は言っていた。

きのう藤次の帰ったあと話し合ったように、きょう松枝町の伏見屋へ扇子を買いに行くのだ。それも前回は午後一番に行き、それから湯島に戻って往診する予定を組んだため、京屋に呼び止められすっかり時間をとってしまい、留造が患家をまわって詫びを入れなければならなかった。だからきょうは患家への往診をすませてから、内神田の松枝町へ向かうことにしたのだ。

きょうも、武家地への往診の帰りを扮《こしら》えることにしている。右善は常に長尺苦無を帯びており、竜尾は飛苦無をふところに忍ばせるだけで出かけられる。

ひとまず往診を終え、母屋の居間でひと息つき、

「きょう伏見屋さんのお出かけがあればどうしますか」

「ちょうどいいではないか。予定どおり策を進めるだけだ。きょうの見張り役は佐市だったなあ。いい経験になるぞ」

などと話しているところへ、権三と助八のかけ声が冠木門を入って来たのだ。駕籠尻を玄関の前につけると権三が、

「へへ、こんな時分にお召しとは珍しいことで」

「内神田の松枝町でやすね」

助八がつづけた。

この時分に来るように、右善が午前中に言っておいたのだ。もちろん駕籠は伏見屋の近くまでで、あとは場所を決め近くで待たせるようにする算段である。

竜尾が小銭の包みを手渡しながら、

「煮売酒屋さんで腹ごしらえをしていてもいいけど、飲みすぎないようにね」

言って駕籠に乗ろうと身をかがめたときだった。

「それじゃ権三さん、助八さん、お願いしますよ」

と、留造とお定も見送りに庭へ出て来ている。

「あぁ、よかった。おいででございましたかぁ」

なかば叫びながら冠木門に飛びこんで来た若い男がいた。

「おお、どうしたっ」

右善が言った。男は京屋の手代だった。

「――火急のときには手代か小僧を走らせます」

京屋は言っていた。

手代は息せき切って言う。

「伏見屋さんが、いつもより早い時分に店を閉められ、清助旦那とおかみさんの姿が見えません。京屋《うち》の旦那がこのことを至急、湯島の療治処へとっ」

手代は藤市に言われ、京屋を飛び出したようだ。そのあとの経緯は訊いてもわからないだろう。ともかく急ぎ、行くしかない。

右善は権三と助八に言った。

「京屋だっ。急いでくれっ」

竜尾はすでに駕籠に乗り、揺れてもいいように上から垂れた紐《ひも》をつかまえている。

「がってん、松枝町の京屋」

「急ぎまさあ」

駕籠尻が浮くなり、

「えいっほ」

「へっほ」

走り出した。

理由《わけ》は権三も助八もわからない。ともかく早駕籠《はやかご》となれば二人とも張り切る。

留造とお定が心配して往還まで出て、遠ざかる三八駕籠を見送った。

通りかかった近所のおかみさんが、

「あんれ右善の旦那まで走りなさって。生きるか死ぬかしていなさる家でも？」

「さあ、新しい患家のようで」

留造が返した。

駕籠の横に伴走している右善は、足は急いでいても気分には余裕があった。

（伏見屋の行き先はわかっている）

武家地と町場の境になる往還のあたりである。そこを找《さが》せば、

（すぐに見つかるはず）

である。

問題は、右善と竜尾が駈けつけるまでに、伊村家か鳩山家の部屋住が出て来て伏見屋夫婦がそれを尾け、いずれかへ行ってしまうことである。そのあとを找すのは困難だ。右善は再度、

「急げ」

権三と助八に声をかけた。

まだ陽は沈んでおらず、いずれにも人通りがある。それら往来人は早駕籠につき添う右善のいで立ちから、乗っているのは急病人か医者と思うことだろう。当たらずとも遠からずだ。一見お店者《たなもの》とわかる京屋の手代も随《したが》っている。

神田の大通りから枝道に入り、あと一つ角を曲がれば伏見屋と京屋のならぶ往還に入るというところまで来ると、地に引いていた長い影がふっと消えた。日の入りである。昼間は暖かさがあっても、これから急激に冷えこむことだろう。

伏見屋夫婦はすでにいずれかへ出かけたとはいえ、念のため角の手前で駕籠をとめ、あとは往診の帰りをよそおい徒歩で行くことにした。

竜尾が駕籠から降り立ったところへ、

「あっ、大旦那！　お師匠もっ」

大声ではないが切羽詰まった、押し殺した声とともに駆け寄って来る者がいた。佐市だ。

（まずいっ）

右善は思った。京屋には、お上の手をわずらわせるようなことはしないと約束している。それで京屋も安心し、右善を頼みとしているのだ。そこへ奉行所の手につながる者が駆け寄って来るのは好ましくない。

佐市は張込み中に右善と竜尾を見て声を上げるなど、まだまだ見習いの下っ引である。だが話を聞けば、無理からぬところもあった。

「おっ、あれは確か藤次親分の……」

権三が言いかけたのへ右善はすかさず、

「おう、手代さん。ありゃあ内神田の患家の者でなあ。おめえさん、帰《けえ》っていてくんねえ。あとからすぐ行かあ」

と、京屋の手代をさきに帰した。

手代は〝藤次親分の〟といった権三の声が聞こえていなかったか、

「へえ」

すぐに角を曲がり、見えなくなった。

駕籠の前でたたらを踏んだ佐市に右善は、

「張込みのときはなあ、何事もさりげなくふるまうものだ」

「へ、へえ。これは申しわけ……」

「よい。で、ようすは」

「へえ、それが……」

佐市は首をすぼめ、

「陽がかたむきかけたころ、ここへ参《めえ》りやした。すると伏見屋の雨戸がすでに閉まっておりやしたもので、となりの京屋に訊くわけにもいかず、お向かいさんに訊くと、きょうに限ってかなりめえに閉めていたとか。こりゃあいけねえとすぐ武家地のほうへ找しにめえりやして、あちこちめぐったのでやすが見つかりやせん。困ったときゃあ原点に戻れって、いつも義父《おやじ》さんから言われておりやして」

「そのとおりだ」

「それで戻って来たところ、大旦那とお師匠をお見かけし、駕籠も権三さんと助八さんじゃございませんかい。それで駈け寄ったしだいで、へえ」

「ふむ、なるほど」

右善はうなずき、竜尾もうなずきを見せた。

およその事情はわかった。

きょう伏見屋が商舗を閉めるのが早く、京屋も気づかず、慌てて手代を湯島の療治処に走らせ、それと前後するように佐市が松枝町に入ったのだろう。京屋夫婦も武家地のほうへ出向いたはずだから、いずれかで佐市とすれ違っているかもしれない。右善は考えた。

年季の入った藤次なら顔を知られているかもしれないが、佐市はまだ相互に面識はない。さきほどの手代も、佐市にそれと気づかなかったようだ。だから、これから右善たちと京屋夫婦の共同の動きとなる場に、佐市を出すことはできない。

「おう、佐市も権三と助八らと一緒に、ほれ、向こうに煮売酒屋があったろう。そこで待っていてくれ」

「へいっ、がってん」

「飲むのはひかえめにしやすから」

と、権三と助八は事態のながれよりも、待つ場所が煮売酒屋であるのをよろこんでいる。もともと酒屋だったのが、店先でちょい飲みをする客のために床几《しょうぎ》を用意し、簡単な煮物まで出すようになったのが煮売酒屋であり、けっこう時間をつぶすことができる。

佐市は不満そうに、

「えっ、あっしも待ちの一手ですかい」

「待つのも大事なことだ」

右善は叱るように言い、竜尾をうながし、京屋に向かった。ともかく現在《いま》どうなっているかを知らねばならない。このあと、佐市にどんな大事な用を言いつけることになるかもしれないのだ。

角を曲がった。

なるほど伏見屋は雨戸が閉じられている。他の商舗も暖簾を下げたり雨戸を閉じたりしており、京屋もその一軒で、おもて向きは他と変わりはない。さきほどの手代が暖簾を下げ、小僧が雨戸を閉めにかかっていた。

近づくと手代が下ろしたばかりの暖簾を手に、

「さっきから中でおかみさんが」

早口に言い、雨戸を閉めようとしていた小僧に手をとめさせた。

中に入ると、店場でやきもきしていたようすのお福が、

「申しわけありません、急なことで。事情は手代からお聞きと思いますが、さっきまで藤市と武家地のあたりを探しましたが見つからず、そろそろ右善の旦那とお師匠がお見えになるころと思い、あたしだけさきに戻り、お待ちしていたところなんです」

丸顔に似合わない早口で言う。

現在の事情はわかった。

しかし、伏見屋夫婦の行く先はわからない。亭主の藤市はまだ武家地のあたりを探している。

ともかく伏見屋夫婦の姿を確認しなければならない。策はそれからである。

右善の采配は速かった。店場に立ったまま、

「ご新造《しんぞ》さんは束《たば》ねとしてここにいてくれ。儂と師匠は両国方面に向かう。角の向こうに気のおけない駕籠屋を待たせてある。その者たちにも動いてもらおう。神田の大通りの方面だ。見つかれば一人が尾け、一人がここへ知らせに戻る。暗くなるまでに見つからねば、全員がここへ再度集まる。藤市も暗くなれば戻って来よう。その後の策は、そのときに考える。では、行くぞ」

定町廻りのころ、また隠密廻りのとき、色川矢一郎や藤次ら、さらに捕方たちにもこうした号令をかけていたのだろう。その面影を垣間《かいまみ》見せる右善の姿を、竜尾は頼も

しそうに見ていた。

だが、号令といっても京屋から動くのは右善と竜尾の二人だけである。お福はこの場《こ》《こ》に残り、奉公人は手代を療治処へ走らせた以外、この策には使わない。

右善と竜尾は提灯をふところに京屋を出た。

煮売酒屋である。心構えがよかったか、それぞれに腹ごしらえはしても佐市は酒は呑まず、権三と助八は呑んでもひかえめだった。

右善はなおも佐市の使い方に迷っていた。できれば今宵、ずっと身近に置いておきたい。だが、動きは京屋との共同である。権三、助八と一緒に神田の大通り方面を探索させ、見つからなければ、

「きょうはひとまず帰り、あしたにでも義父《おやじ》に今宵の顚末を話しておいてくれ」

「それだけですかい」

と、やはり佐市は不満顔だった。権三と助八は伏見屋夫婦の顔を知らないが、佐市は張り込みのときに確認している。いま佐市が必要なのは、暗くなるまでのあいだだけである。

すでに陽は落ち、これから寒さとともに急速に暗くなる。探索の範囲を広げても、時間を限定されまったく細かさを欠いたものとならざるを得ない。実際、町が夜の帳《とばり》

に閉ざされたのは、

「それでは」

と、五人が煮売酒屋の前でふた手に別れてから間もなくだった。探索はほんの気休めにしかならなかった。それでもやらねば、凝っとしていられないのだ。

提灯を手にした右善と竜尾、空駕籠に小田原提灯を提げた権三と助八は、京屋にふたたび顔をそろえた。

「やはり、そうでございましたか。伏見屋さんの外出に気づかなかったなど、申しわけもありません」

と、あるじの藤市も帰って来ていた。

小柳町の上州屋でもそうだったように、権三と助八も大事な一員として居間に上げられ、京屋夫婦と右善、竜尾たちと膝を交えていた。

しきりに恐縮する京屋夫婦に右善は、

「見落としたのは仕方ねえ。それよりも、これからどうするかだ」

言ったが、誰も妙案を出すことができない。

そこへ権三が口を入れた。伏見屋夫婦の行き先をつきとめることの重要性も、すでにそれの困難なことも解している。

「きょうはもう無理でさあ。あしたの朝早く、あっしらが療治処へ行くめえにこっちのお玉ケ池界隈をざっとながしてみやしょうかい。朝のうちでも、なにか拾えるかもしれやせんぜ」

「おう、それはいいや。お師匠、よござんすかい。患者の送り迎えに差し障りのないようにしますさあ」

助八が言って竜尾に顔を向けた。

「それしかないようですねえ」

竜尾は返し、右善に視線を送った。

右善は応えた。

「二人にはご苦労だが、そうしてもらおうか。変事があれば、至急知らせてくれ」

「えっ」

と、右善の言葉に声を上げたのは藤市だった。かたわらでお福が蒼ざめた表情になっている。権三と助八は直感的に、右善と竜尾は状況判断から、すでに伏見屋夫婦がいずれかで二人目の仇討ちを決行した……、あるいは果たそうとしていると見なして話していることに気づいたのだ。

藤市はお福と顔を見合わせ、申し合わせたように言った。

「右善さま、恐ろしゅうございます。今宵、泊まっていってくださいませんか」

「そう。お願いします」

お福が蒼ざめた表情のまままつないだ。

すっかり暗くなったいま、できることと言えば伏見屋夫婦が戻って来るか、あるいは戻って来ないか……、それを確かめるだけである。

「ふむ」

右善はうなずいた。自身も、一刻も早くそれを確かめたいのだ。


湯島への帰りの三八駕籠には、右善のつき添いはなかった。

ゆっくりと角を曲がったところで、

「どんな話になりやした」

と、佐市が小田原提灯の灯りに近づいて来た。

暗くなって二人と別れたあと、まだ引き揚げず京屋の近くで、右善たちの出て来るのを待っていたのだ。

佐市は義父の藤次に今宵の一件を報告するためにも、最後まで聞いておきたいと思ったのだ。きょうの失態の、せめてもの埋め合わせである。報告は義父を経て児島善之助と色川矢一郎にも伝わるはずである。

右善が今宵、京屋に泊まることになったのは、竜尾が説明した。佐市はますます責任を感じたようだ。

佐市と三八駕籠は、神田の大通りに出てから別れた。今宵、佐市は責任の重さを痛感し、眠れぬ夜を過ごすかもしれない。

六

清助とお駒の伏見屋夫婦が六年前、仇討ちのため奉公人たちに暇を取らせたのは、決して自暴自棄からではなく、それだけ用意周到だったのだ。

この日、中断していたいつもの待伏せよりも早めに店を閉じ外出したのは、じゅうぶん勝算あってのことだった。藤次が武家地と町場の境の往還で、お駒が武家地の女性《にょしょう》とつなぎを取っているのを見たというのは、まさしく伏見屋夫婦の周到さを示すものだった。その女性こそ、覚然の脅しに屈し大枚をはたいて護摩焚きをした鳩山家の腰元であり、なんとお駒の姉だったのだ。

お駒の姉が鳩山屋敷に女中として入ったのは、覚然が〝お清の霊〟だの〝怨霊〟だのとよからぬうわさをながしはじめ、不逞な部屋住の三人組を出した屋敷がいずれか明らかになってからだった。すでに〝怨霊〟に次男を呪い殺されていた屋敷を含め、三家とも腰元や中間《ちゅうげん》がつぎつぎと去り、口入屋も新たな奉公人の口入れを躊躇し、奉公人の補充に四苦八苦していたときである。

ある口入屋に伊村家か鳩山家へ奉公に上がってもいいという女が現われ、口入屋はよろこび、さっそく鳩山家へ口入れした。お駒の姉だからかなりの年増であり、落ち着きもあった。鳩山家もよろこび、家人らは新たに来た女中から市井《しせい》のうわさをさまざま訊いた。

女中は言った。とくに次男の部屋住に対しては、

「――もうお家は護摩焚きをし、禊《みそぎ》をしておいでです。市井の目はもっぱら伊村さまのお屋敷に向けられております。なにをはばかることがありましょう。ときには町場へ出られ、気分の洗濯をしなされては。お帰りのときに勝手口を開けておくなど、わたくしがちゃんとしておきますから」

と、そっと吹きこんでいた。屋敷全体の肩身がせまく、外出を禁じられ気の滅入っていた次男には、まさしく渡りに船だった。

それから数日をかけ、家人の目につかぬ日を選んだ。

その日が決まり、姉がお駒とつなぎを取ったところを、藤次が見ていたのである。

ならばその日はいつか……。きょうだったのだ。

伏見屋がとなりの京屋の目に気づいていたわけではなかった。これまでお駒がすこし風邪気味だったのも、ほんとうだったのだ。それがきょう、たまたま出かけるのが早かっただけのことだった。部屋住の次男が家人の目を盗み、そっと屋敷を抜け出すのが、まだ陽のある時分だったのだ。

次男は町場に入り、大きく息をついた。

そこへ巧《たく》みに声をかけたのがお駒だった。

居酒屋に誘いこみ、飲ませた。次男は久しぶりに外で羽根を伸ばし、飲む酒は旨《うま》かった。しかも年増だが女が酌をしてくれる。もちろん、お駒である。

慌てた藤市とお福の京屋夫婦は武家地の近くに駈けつけたが、お駒と鳩山家の次男はすでにそこを離れている。

六年前、娘のお清を虫けらのごとく沼に投げこんだ一人が、いま目の前にいる。お駒は憤怒《ふんぬ》の念をよく堪《こら》え、ほどよいところで誘った。

神田川に沿った柳原堤《やなぎわらどて》のほうだった。松枝町からなら神田の大通りも通らず、しかも両国方面とは逆方向になる。右善や佐市たちが夕暮れの町場に範囲を広げたとはいえ、まったく的外《まとはず》れの方向を探索していたことになる。

柳原堤といえば、柳原通りともいわれ、昼間は古着屋や古道具屋がずらりと出て、庶民の生活に密着した行楽の場となっているが、陽が落ち薄暗くなりかけると、背後に茂みの多い川原をひかえ、野天に春をひさぐ夜鷹《よたか》の出る場となる。

いまは寒くその季節ではない。だが、その方面に足を向ければ、ほろ酔い機嫌でもあり不逞の次男は当然なにごとかを期待するはずである。

足は神田川の流れの音を聞きながら、その草むらのなかに入った。

そこに待ち受けていたのは、お清の父親・清助だった。お清は生きていたなら、この正月には十二歳になっていたはずである。

それはちょうど、松枝町の京屋に藤市とお福、右善と竜尾、権三と助八が鳩首《きゅうしゅ》していた時刻だったかもしれない。あるいは、竜尾を乗せた三八駕籠に、外で待っていた佐市が声をかけたころであったかもしれない。

京屋に留《とど》まった右善は、藤市、お福とともに、となりの伏見屋から物音が聞こえないか、聞き耳を立てていた。

あった。それが清助とお駒であることは、雨戸のすき間から確認した。伏見屋夫婦は無事に帰って来たのだ。三人は互いに顔を見合わせ、ホッと息をついた。

おもてには出なかった。屋内で、なにも気づかなかったふうをよそおった。

「——訊くまい。あすになればわかる」

右善は掠《かす》れた声で言い、藤市とお福はうなずいていた。

七

翌朝、実際にわかった。

権三と助八が早朝に空駕籠を担ぎ、筋違御門橋を渡り町場に入ろうとしたときだった。日の出まもなくのころである。朝の棒手振《ぼてふり》が天秤棒を担いだまま、川原のほうへ走っていた。ほかにも町の住人と思われる男が走っている。

前棒の権三が空駕籠を担いだまま棒手振に、

「おう、朝からどうしたい。川原になにかあったのかい」

「ああ、土左衛門《どざえもん》らしいぜ」

「なに！　権よ、行ってみようぜ」

「おう」

後棒の助八が驚きの声を上げ、権三もうなずき空駕籠は急ぎ川原に向かった。けさの二人の仕事は、客の送り迎えではない。うわさを拾うことなのだ。陽が出たばかりというのに、筋違橋御門橋からかなり下流の川原にいくらかの人だかりができている。この時分には朝の場所取りの古着の行商人がすでに出ている。

急いだ。

心ノ臓が高鳴る。

昨夜伏見屋夫婦が無事戻ったことを、二人はまだ知らない。野次馬の肩越しにのぞきこんだ。

「ふーっ」

二人とも安堵の息をついた。同時に、あらためて心ノ臓の高鳴りを覚えた。死体は若い侍だった。大小を帯びたままである。争ったあともなく、斬り傷もなく血が流れ出ているわけでもなかった。

右善が見れば、油断しているところを前から抱くようなかたちで、首筋を簪《かんざし》の柄か、忍び寄った者が鋭利な錐《きり》のようなもので刺したと見立てるだろう。二年前、最初の一人が殺されたときと、おなじ手法である。

権三も助八も、若侍の顔を知らない。だがきのうからの背景は知っており、感じるものはある。

「権、右善の旦那に！」

「おうっ」

三八駕籠は川原を離れ、柳原堤を越え、朝の町場を走った。ときおりすれ違う者がふり返る。

伏見屋も京屋もまだ雨戸が閉まっている。

「間違うなあっ」

「わかってらあ」

二人は京屋の雨戸を叩いた。

小僧が開けた雨戸を、

「旦那ア、殺《や》りやがったぜ」

「神田川の川原だあっ」

叫びながら店場にころがりこんだ。

となりの伏見屋に聞こえたかどうかはわからない。聞こえても、伏見屋は凝《じ》っと鳴りを潜めることだろう。いま、なんの反応も見られない。

右善と藤市、お福は店場に走り出た。三人ともすでに着替えはしている。

状況を聞いた。確認に走る余裕はない。

「間違いないだろう。伊村家と鳩山家にこのことを！　権三、助八、早駕籠だ。客は京屋《ここ》の藤市旦那だっ」

「へいっ」

「がってん」

藤市を乗せた三八駕籠は武家地に向かった。

お福が外まで出て見送った。

すでに決行されたとあっては、あとはもう迅速に行動する以外にない。

町方が現場に駈けつけるよりも早く、伊村家か鳩山家の者を川原に走らせ、死体を待ち去らせなければならない。武家の者が武士の死体を身寄りの者として運び去ったなら、町方の出る幕はなくなる。すなわち、探索はできない。町方が、伏見屋にたどりつくことはない。奉行所で若い侍の死因を予測できるのは、児島善之助と色川矢一郎の二人だけである。二人が奉行所でそれを口にすることはあるまい。

ただ、疑問が一つ残った。

せっかく川原で殺《や》ったのに、

（なぜ流さなかった？）

おそらく、当初はその算段だったのだろう。だが本懐のあと、かえって慌て、じゅうぶんに流れに押し出さず、

(急いで現場を離れた)

そう解釈すれば得心できる。

「場所ですかい。へえ、川原でさあ」

「なに言ってる。旦那が訊いてなさるのは、川原のどこかということだ。へえ、水際でやした。片方の足と手が流れのなかで、ゆらゆら揺れていやした」

右善の問いに、権三が応え助八が補足した。

京屋は伊村屋敷にも鳩山屋敷にも馴染みはない。

三八駕籠で武家地に乗りつけた藤市は気を利かせた。よく腰元が甘い物を買いに来る、馴染みの屋敷に駆けこんだのだ。

「い、いま、川原に若いお武家の死体が上がっております。もしやお心当たりのあるお屋敷をご存じではないかと思い、急ぎ知らせに参ったしだいでございますうっ」

門番に告げる。

武家地に〝お清の霊〟のうわさが蔓延《まんえん》しているときである。それは即座に両家の屋

敷に伝えられた。

鳩山屋敷では、昨夜から部屋住の次男が帰っていない。用人がそっと裏門から出て川原に走った。さらに念のためか、目立たぬよう大八車がそのあとにつづいた。

用人は確認した。

帰り、中間《ちゆうげん》の牽《ひ》く大八車は、莚《むしろ》をかぶせた死体を載せていた。

町の自身番からも人が出ていたが、常盤橋御門内の北町奉行所に町内の若い者が走り、同心が捕方数名を引き連れ駈けつけたとき、すでに野次馬は散っていた。

さいわい駈けつけたのは、善之助でも色川でもなかった。

同心は川原で、まだいた者に訊いた。

「ほんとうに、ここに死体がころがっていたのか」

「へえ、お武家のようで、さきほどお侍さんが来なすって、身寄りの者ゆえといって大八車で運びなさいました。え、どこのお武家？　知りませんよ、そんなの」

訊かれた者は応えていた。

京屋では藤市がすでに戻って来ていた。

右善は権三と助八に、

「ご苦労だった。最初に知らせてくれた、おめえらの手柄は大きいぜ。さあ、療治処に戻って、きょうの患者の送り迎え、助《す》けてやってくれ」

「へいっ」

二人は師匠にいい土産話ができた、と勇んで空駕籠を担ぎ湯島に戻った。これから療治処では、いつもの一日が始まる。

京屋の奥の部屋では藤市が、

「ほんとうに右善の旦那に泊まっていただき、ようございました。私どもだけでは急ぎの駕籠もなく、どうしていいかもわからず、こうも迅速にコトを運べませんでした。お奉行所のお役人には、申しわけありませんが」

「なあに、おめえさんら夫婦の働きが、この結果をもたらしたのさ」

右善は応え、お福がなおも深刻そうな表情で言った。

「でも、おまえさん、右善の旦那さま。お清ちゃんの仇《かたき》は三人だったじゃありませんか。もう一人残っています。伊村屋敷の、一正《かずまさ》という次男坊ですよ」

部屋の中からだったが、三人は同時にとなりの伏見屋のほうへ視線を向けた。

部屋にふたたび緊張感が、よみがえって来た。

四　支配違い

一

「なんとも善之助どのの父上には、一本取られましたなあ」

「申しわけござらん」

北町奉行所の廊下の隅で、色川矢一郎と児島善之助が、あたりをはばかりながら立ち話をしている。このような会話《やりとり》を、他の同輩に聞かれてはまずい。

自身番の通報で駆けつけた同心は、定町廻りで善之助の同輩であったが、手ぶらで帰って来るなり、

「なんで武家屋敷の者が、われらよりさきに駈けつけたのだ！」

憤懣を同心溜りでぶちまけていた。

声は廊下にも聞こえている。その隅で、色川と善之助は話しているのだ。二人とも誰が手を下したかはわかっている。

早朝に藤次から昨夜のお玉ケ池の動きを知らされている。もちろん佐市が藤次に知らせたものだが、そこには右善が京屋に泊まりこんだことも含まれていた。〝一本取られました〟と言う色川の表情にも、〝申しわけござらん〟などと言った善之助の顔にも、安堵の色があった。

もちろん町場で武家に先を越されたのは、町方の沽券《こけん》に関わることを二人とも承知している。しかしそのような問題よりも、無念を晴らした町衆を縄付きにしなくてすみそうなことに、胸をなで下ろす二人だったのだ。

廊下の隅で、二人はさらに声をひそめた。

「したが、仇は三人でありましたなあ」

「さよう。そこなのです、問題は」

昨夜、京屋の奥でお福が言ったのとおなじことを、奉行所でも話していた。

二人はなおも声をひそめた。

「善之助どのはこれまでどおり、知らぬふりを。私は、そう、三人目を期待し、あの武家地に入ります。ようすは逐次、湯島に知らせておきましょう。ともかく、おもてにしないという点では、お奉行の下知《げじ》に背《そむ》いておりませぬゆえなあ」

「心得ております。私もこの姿をお玉ケ池の界隈にはさらさず、松枝町《まつがえちょう》の伏見屋に圧迫感を与えぬよう心がけますよ」

奉行所の中であり、善之助はむろん色川矢一郎も、黒羽織の同心姿である。このあと色川はいずれかで、いつもの大工職人に化けることであろう。

右善が京屋を出て湯島の療治処に戻ったのは、陽が西の空にかたむきかけた時分だった。藤市とお福の夫婦が、

「いますこし」

「もうすこしいてくだされ」

と、引きとめていたのだ。

無理はなかった。現場を見てはいないが、となりの伏見屋がお清の仇を討ったことは間違いないのだ。このあとなにが起こるかわからない。あるいは、役人が伏見屋にどっと踏込んで来るかもしれない。そこになんらかの対処ができるのは、右善をおいていないのだ。

なにごともなかった。迅速に死体を武家地に引き取らせ、奉行所の介入を防いだ賜《たま》

物《もの》である。

右善が療治処に戻ったとき、ちょうど竜尾も往診から帰って来たところだった。薬籠持はお定だった。

留造もお定も、右善がきのうから京屋に泊まりこんでいるのを竜尾から聞いて知っている。神田川の川原に土左衛門か行き倒れかわからない、武士と思われる死体がころがっていたとのうわさも伝わっている。これも療治処では、患者には話さなかったが、それが誰であるかの予測はついている。

右善が母屋の玄関に声を入れると、

「旦那ア、ご無事でやしたか」

「京屋さんにお泊りだったんですよねえ」

と、台所に入っていた留造とお定が走り出て来た。

「右善どの。して、向こうはいかように。朝の騒ぎは権三さんと助八さんから、一応は聞いております」

と、居間に腰を下ろしたばかりの竜尾も、玄関にすり足をつくった。

「おう、お定。おみやげだ」

「まあ、旦那っ」

「こら、お定」

お定が右善から紙包みを受け取りながら歓声を上げたのへ、さすがに留造はたしなめたものの、顔はやはり笑みをたたえていた。包みは日持ちのする落雁だった。

事件が進行しているからには、母屋でも自然と右善が中心になる。

居間に入り、まるでこの家の本物の隠居のように、見習いの右善があぐらに腰を据え、その前にあるじの竜尾が端座の姿勢をとった。お定がいそいそと茶を盆に載せて来た。

三八駕籠が武家地から京屋に戻るなり右善に言われ、すぐ療治処に取って返している。そこで竜尾はことの次第を聞いたのだ。

そのあと松枝町は平穏だった。伏見屋も京屋も、普段どおりに店を開けている。

右善の話に、新たなものはなかった。

だが竜尾は、右善の顔を見ながら言った。

「このあと、大丈夫でしょうか」

「うむ」

右善はうなずきを返した。右善の脳裡にも竜尾の懸念のなかにも、〝三人目〟が浮き沈みしているのだ。きょう昼間のようすが普段と変わりなかったことに、二人ともかえって不気味さを感じていた。

母屋の居間に行灯《あんどん》の灯りが入り、夕餉も終え、

「そろそろ儂《わし》は離れに戻るぞ」

「手あぶりの炭火、すぐ持って行きますじゃ」

右善が言ったのへ留造が応じ、ともに腰を上げようとしたときだった。

「右善さまは、まだこちらでございやしょうか」

玄関口に訪《おとな》いの声が入った。右善さまと称《よ》び、かつ伝法な口調から色川矢一郎とわかる。冠木門はすでに閉めてあるが、潜り戸の小桟《こざる》はまだ下ろしていない。療治処にはいつ急患かお産の知らせが飛びこんで来るかわからない。冠木門の門扉《もんぴ》は日の入りとともに閉めても、潜り戸の小桟を下ろすのは寝るまえである。

「おっ、なにかあったな」

居間には、留造もお定も含め緊張が走った。

「おう、こっちだ。上がれ」

右善が返し、留造が玄関に出て、

「やはりこちらでござんしたか。さっき離れのほうへまわりやすと、灯りがなかった

ものでの」

と、色川が居間に入って来た。職人姿で手斧《ちょうな》を肩にかけている。仕事場で夕暮れを迎え、その帰りに立ち寄ったことがうかがえる。もちろん仕事場といっても普請場ではない。お玉ケ池の武家地である。

座にあぐらを組んだ色川に右善は言った。

「で、武家地のようすは？」

色川も善之助と一緒に、藤次から報告を受けている。互いに話は早い。

さっそく色川は身なりにふさわしい伝法な口調で、

「うわさはたちまちでさあ。あっしが訊いたどの屋敷の奉公人も言っておりやした」

鳩山屋敷に部屋住の死体を乗せた大八車が入ってからの武家地のようすを話しはじめた。各屋敷の若党や中間、それに腰元たちも、

「――ありゃあ鳩山屋敷の部屋住だぜ。お家じゃ護摩焚きまでやったというによう」

「――それくらいで許されるもんですか。お清ちゃんとやら、もっと祟《たた》ってやればいいのです」

「――こいつぁ残った伊村さまの屋敷、見物《みもの》だぜ」

口々に言っているという。もちろん色川一人で集めた声ではない。奉行所の小者な

ど数人が、色川の差配で行商人を扮《こしら》え、武家地に入りこんでいる。

「なにしろお奉行からも武家地のようすを詳しく掌握せよとの下知《げじ》でやすから、手慣れた小者を集めるのも楽でやしたぜ」

色川は言う。うわさは早くも、鳩山家部屋住の遭難を〝お清の祟り〟と断定してながれているのだ。

右善への報告は、それだけではなかった。

「覚然め、相当したたかというか、強欲なやつですぜ。さっそく行衣《ぎょうえ》姿で錫杖を手に武家地へ入り、鐶《かん》を鳴らし〝進ぜよう、進ぜよう。お祓いをして進ぜよう〟などと言いながら、伊村屋敷のまわりを徘徊しているのでさあ」

右善と竜尾は顔を見合わせ、一緒に聞いていた留造とお定は蒼ざめ、ぶるると身を震わせた。

伊村屋敷では人を出して覚然を追い払った。覚然は逃げ、また屋敷に近づく。イタチごっこがつづいたという。職人姿の色川は覚然に近づき、

「――御坊、鳩山屋敷じゃ、護摩焚きまでやっても効かなかったんじゃねえのですかい。みんな、そう言ってやすぜ。伊村さまが、いまごろどんなお祓いをすりゃあ、六年めえの祟りから免れやすので?」

覚然は応えた。

「——鳩山家は、信心が足りもうさなんだ。心をこめ、数日護摩焚《き》きをすれば、お清坊の霊も慰められよう。それを伊村家のお人らは、いっこうに肯こうとせぬ。憐れなるかな、怖ろしきかな」

このような覚然の言葉を聞いたのは、色川一人ではあるまい。本物の行商人や、近くの屋敷の奉公人たちにも覚然は話し、それは伊村家にも伝わっているはずである。

そうしたうわさの飛び交うのが、きょう一日のお玉ケ池武家地での動きだった。運びこまれた部屋住の死体と覚然の喧伝《けんでん》が、相乗効果を発揮している。

右善はまた竜尾と顔を見合わせ、

「伊村家も、覚然のような男に見込まれ、さぞ困惑していることだろう。伏見屋にしても、そんな覚然の動きは、仇討ちをかえってやりにくくさせるものでしかないだろうなあ」

「あっしもそう思いやすぜ。さあて伊村屋敷も覚然も伏見屋も、向後どう出るか、目が離せやせんぜ」

色川が言ったところへ、玄関口にまた訪《おとな》いの声が入った。

「大旦那はこちらでござんしょうか」

と、色川とおなじようなことを言う声は、藤次であった。

居間に招じ入れられ、

「佐市も動員し、お玉ケ池界隈を見まわりやしたが、おもて向きで変わったところはありやせん。ただ……」

「ふむ」

藤次の話に右善は上体を乗り出した。色川もおなじである。物見《ものみ》は武家地に集中していた。町場のようすが気になるところである。

竜尾や留造、お定の視線も受けながら、藤次はつづけた。

「武家地のうわさを行商人がもたらし、みんないちように溜飲を下げておりやした。いずれにも、手を下した者を詮索する声はありやせん。一膳飯屋で耳に入《へえ》って来たのでやすが……」

やはり一膳飯屋はうわさの宝庫のようだ。腹が満たされれば、口もゆるむのかもしれない。

「――こいつぁ、あと一回あるぜ」

「――こら、それを言うんじゃねえ。お上《かみ》の耳に入《へえ》ったらどうする」

「――あっ、いけねえ」

言った者は口を押さえたという。町ぐるみで伏見屋をかばい、支援しようとしているようだ。

右善は言った。

「そのうわさ、逆に町場から武家地にながれることもあり得るなあ」

「たぶん。言っていたのは職人が四、五人でやしたが、行商人みてえなのも幾人かいやしたから」

藤次が応えたのへお定が嘴《くち》を容《い》れた。

「そんなら、伊村さまとかいうお屋敷にも……」

「おそらく」

色川が応じ、

「ますます伊村屋敷から目が離せやせん。そこへ欲深い覚然が祈禱料を稼ぎたいのか、ちょろちょろ出て来おって。まったく目障りですぜ」

「そのようだなあ」

右善が言い、

「きょうの話、お奉行の耳にも入れるのだろうなあ」

「もちろん。お奉行も見守っておいでですから。さっき藤次の言った話も一緒に、あしたの朝にも」

外はもうすっかり暗くなっている。

色川と藤次は話し終え、それぞれ提灯を手に帰った。留造が小桟を下ろした。

「さあ、儂も離れに帰るとするか」

と、玄関に出た右善を竜尾は手燭を手に見送り、

「ほんとうにまだひと波乱、起こりそうな気がします」

「ああ、きっと起きる」

右善は自分に言い聞かすように返した。

二

翌朝である。

患者を乗せて来た権三と助八が、

「きのうはあれから小石川《こいしかわ》のほうで、お玉ケ池はまわれやせんでした」

「きょうはきっとまわりまさあ」

交互に言った。湯島からお玉ケ池と小石川は正反対の方向である。二人はきのう、

患者の送り迎えを終えたあと小石川への客がつき、岩本町の溜り場へその後のうわさ集めに行くことができなかったようだ。

縁側に出た右善は言った。

「なあに、それでいいんだ。足の向いたところでいろんなうわさを聞いてくれりゃなあ。その一つひとつがありがてえのよ」

実際、小石川方面で権三と助八がお玉ケ池界隈のうわさを聞かなかったということは、〝お清の霊〟がふたたび動いたとの話が、まだお玉ケ池界隈だけで江戸城の北側には広まっていないことを示している。うわさが広まり、あちこちから野次馬がお玉ケ池に来るようになれば、伏見屋はますます動きにくくなるだろう。

午後、竜尾のはからいで、往診の薬籠持には留造がつき、右善は療治処で留守居となった。緊急のつなぎに備えてである。京屋の手代か、三八駕籠か、あるいは色川か藤次が駈けこんで来るかもしれない。

右善が薬研を挽いている療治部屋へ、奥にいたお定が茶を運んで来て、

「どうなるんでしょうねえ、お玉ケ池のほう」

と、その場に座りこんだ。普段ならあり得ないことだ。お定は自分でも心配だし、

右善のいまの心境も解していたのだ。右善はいま、稽古台がそこにいても、鍼どころの心境ではなかった。神経を指先に集中することなどできない。

(伊村家がどう動くか……)

予測がつかないのだ。どうなるとお定に問われても、応えようがない。いまも覚然が錫杖に音を立て伊村家の周囲を徘徊し、屋敷から人が出て追い払っているかもしれない。伏見屋では清助とお駒が、次の手を考えているかもしれない。おなじ手は、もう使えないだろう。伊村家の次男一正《かずまさ》がおなじ手に乗るとすれば、それは一正に算段があってのこととなるだろう。すなわち、かかったふりをして、

(返り討ちに)

である。それを伏見屋の清助とお駒が、考えないはずはない。

陽が西の空にかたむきかけた時分だった。かけ声とともに三八駕籠が冠木門に駆けこんで来た。急病人を乗せて来たのではない。空駕籠だ。かけ声でわかる。

右善は縁側に飛び出た。

権三と助八は、早駕籠でも担いで来たように息せき切っている。駕籠尻を地につけるなりよろよろと縁側に歩み寄り、

「斬り合い、斬り合いだあっ。一人殺されたあっ」

権三が叫んだのへ助八が、

「岩本町の溜り場に、同業がそう言いながら駈けこんで来たんだ。場所はお玉ケ池の武家地らしいっ」

補足した。

おもての騒ぎが奥にも聞こえたか、台所に戻っていたお定が柄杓《ひしゃく》に水を汲んで走り出て来た。

「すまねえっ」

権三と助八は口から水をこぼしながら交互に飲んだ。

右善は縁側にしゃがみこみ、

「さあ、おめえら。落ち着け。武家地で斬り合い？　詳しく話せ。殺されたって、誰が誰に」

「わからねえ。ともかく武家地で殺しだ」

「溜り場でそれを聞き、確かめに行くよりも、まずは旦那にと思い、駈けつけたのでさあ」

また権三の言葉を助八が補足した。

駕籠舁き仲間が直接見たのか、それとも聞いただけなのかもわからない。確かめに行っても、武家地のことである。あとかたはすぐにかたづけられ、詳しいことはわからないだろう。二人とも伏見屋清助が武家地で斬られたのを想像し、ともかく右善の旦那にと駈け戻ったのだ。瞬時、右善もそれを想像した。

お定が気を利かせ、水のつぎにはぬるめのお茶を運んで来た。

「ありがてえ」

権三が一気に飲み、助八が、

「そういうわけで。お乗りくだせえ。武家地にしやすか、それとも松枝町に」

言いながらふたたび担ぎ棒につき、

「さあ、旦那」

と、権三もそれにつづいた。二人は申し合わせていたようだ。

右善は長尺苦無を手に、

「お定、そういうわけだ。師匠が戻ったらそう伝えておいてくれ」

言うなり庭に飛び下り、駕籠に身をかがめ、

「まず松枝町の京屋だ」

「がってん」

「へいっほ」

駕籠尻が地を離れた。

「なんだか知らないけど、お師匠《しょ》さんに伝えておきます」

と、お定は冠木門まで追いかけ、見送った。

揺れる駕籠の中で、

(まさか伏見屋清助、軽挙に走ってはいまいなあ)

願うばかりである。仇三人のうち二人まで討ち取ると、

(あと一人は屋敷に打込むしかない)

右善の念頭にある。おなじ手を三度も使うはずがない。

それにしても、

(だとすれば、早すぎるぜ)

思われてくる。

駕籠は松枝町に入り、京屋の前に着いた。となりの伏見屋に覚られぬように、そっとなどという余裕はない。

「へいっ、ここでっ」

前棒の権三は言うと同時にその場にへたりこみ、右善は前のめりになった。療治処

では考えられない、かなり乱暴なつけかたである。急がせたのだから仕方ない。後棒の助八も、垂《たれ》を上げるよりも荒い息をつきながらその場に崩れこんだ。これだけでもけっこう目立ち、往来人がなにごとかとふり返る。

「ご苦労だった」

右善が言いながら駕籠から降り立ち、伏見屋のほうへ視線を投げた。扇子商いの落ち着いたたたずまいがそこにある。

右善は内心、ホッとしたものを覚えた。武家地で斬られたのが伏見屋清助なら、いまごろ慌ただしく人が出入りしているはずだ。

「これは右善の旦那っ」

あるじの京屋藤市が店場から飛び出て来た。

「おう、亭主。聞いたぞ」

「そのことで、いま手代を湯島に走らせたところです。なんともお早い」

驚いたように京屋藤市は言う。どこかですれ違ったようだ。

「そうか。儂はこの者たちから聞いたのだ」

「さようで」

まだ地面に座りこんで荒い息をついている権三たちを右善は手で示し、藤市は得心

したように返すと、

「さ、ともかく中へ」

右善の袖をとって商舗の中へ引き入れ、奥から出て来たお福に、

「駕籠屋さんにお茶を」

と、ねぎらいを忘れなかった。

そうした落ち着きのある所作から、藤市は権三や助八よりも詳しい状況を知っており、しかも伏見屋が直接係り合っていないこともうかがえる。

右善はあらためて安堵を覚えたが、

（ならば、斬り合いとはいったい……覚然⁉）

脳裡をよぎった。

奥の部屋である。

お福も同座し、右善は二人と向かい合うようにあぐらを組んだ。藤市もお福も端座の姿勢をとっている。ここ数日、丸顔で愛想のいいお福の笑顔を見ていない。いまも緊張した表情である。

「して、武家地のようすは」

「はい、そのことでございます。抜いたのは伊村屋敷のお人で、相手は覚然でござい

ました」

さきほど予測したばかりだが、それでも、

「なんと！」

右善は驚き、身を乗り出した。

京屋藤市は語った。

武家地に出入りのある、町内の炭屋のあるじが伏見屋に駈けこみ、ついでとなりの京屋にも顔を見せ、

「――覚然さまが、武家地で打擲され、いまにも斬られそうに！」

言ったという。武家屋敷へ小僧を連れ、大八車で炭をとどけに行って現場を見たらしい。炭屋も厄除け講に入っており、行衣姿で錫杖を持った覚然を見間違うはずがない。ちなみに、伏見屋と京屋は入っていない。

炭屋の大八車が伊村屋敷の前を通りかかったときだった。表門の潜り戸が開き、一人の男が出て来た。というより、放り出された。炭屋は思わず声を上げた。

「――覚然さまっ」

土ぼこりを上げ覚然は路上に倒れこみ、若侍と中間《ちゅうげん》がつづいて飛び出て来た。

「──立ち去れいっ。これ以上の世迷言《よまいごと》、許さぬぞ！」

若侍は叫び、覚然を足蹴《あしげ》にしようとした。

「──まだわからぬかっ、この屋敷は呪われておるぞ！」

覚然はさらに叫び、尻もちをついたまま若侍の足を錫杖で払った。鐶の音がけたたましく響き、近くの屋敷の中間が走り寄った。いくらかの行商人や腰元も見ている。

それらのなかから声が飛んだ。

「──あ、あれは伊村屋敷の部屋住さん！」

「──覚然と一正《かずまさ》さまじゃ」

錫杖に足を払われた一正はよろめき、

「──おのれっ、天罰が下るのは汝《うぬ》のほうだっ」

腰の刀を抜いた。

「──おーっ」

武家地といえど、すでに数人の中間や腰元、行商人らが野次馬になっている。炭屋もいる。驚きの声が洩れる。

身を立てなおした覚然は錫杖を手に身構え、

「──抜いたかっ。斬れるか、わしが！　そなたも祟られるぞっ、お清の霊に！」

「──黙れっ。まだお清の霊をダシにしおるか。祟られるのは、おまえのほうではないのか！　霊を笠に着た狼藉者《ろうぜきもの》めがっ」

一正は叫び、大刀を上段に振り上げた。

「──おやめ、おやめくだされ」

一正についていた中間が叫び、その胴に組みついた。一正とは親子ほどの歳の差があろうか。炭屋は、この者の名は知らないが顔は知っている。古くから伊村家に仕えている中間である。

「ええいっ、放さぬか！」

「──放しませぬっ」

揉み合っているところへ、伊村屋敷からさらに人が出て一正を包みこんだ。

そのあいだに覚然は、

「──この屋敷、災厄に見舞われようぞ」

捨てぜりふを吐き、逃げ去った。

京屋藤市は、炭屋のあるじから聞いた顚末《てんまつ》を語り終えた。

右善は、

「ふーっ」

息をつき、

「やはり覚然だったか。儂はてっきり伏見屋が打込んで殺されたと思ったぞ」

「そのうわさ、すでにながれております」

言ったのはお福だった。

京屋が炭屋からコトの次第を聞いたすぐあと、町場にながれ出したという。なるほど伊村屋敷の部屋住が実際に刀を抜いたのを、幾人かの行商人が見ているのだ。それを町場に伝え、人の口を経れば〝振りまわしたそうだ〟が〝斬った〟に変わっても不思議はない。しかも〝覚然〟と〝お清の霊〟と〝伊村家〟は旬《しゅん》の話題である。広まるのは速かった。

それを権三と助八は岩本町の溜り場で聞き、湯島に馳せ戻ったようだ。

台所に入っていた権三と助八は奥の部屋に呼ばれ、

「なあんでえ、そんなことだったのかい。なにも急ぐことはなかったんだ」

「でもよ、山伏が武家に啖呵《たんか》を切っている現場、見たかったぜ」

二人は気抜けしたように言う。

だが、お福は言った。

「いえ、急いでいただいて、あたしども、ホッとしているのです。恐いのです」

「なにがですかい」

助八が問い、右善も深刻そうなお福の顔を見つめた。

お福は応えた。

「なにやら破裂しそうなものに、火がついたような気がしてならないのです。どう言いますか、その、鉄砲でいえば、火縄に火がつけられたというか、火蓋《ひぶた》まで切られたような、あとは、引き金を引くだけで……」

「なんですかい、それ」

権三は首をかしげ、

「うーむ。わかるぞ、その懸念」

右善は返した。

「だから右善の旦那、今宵もここに。そのつもりで、手代を湯島へ寄こしたのです」

「ふむ」

藤市が言ったのへ右善はうなずき、まだ解《げ》せぬといった表情の権三と助八に、

「おめえたち、ご苦労だった。今宵は京屋《ここ》に泊まるから、帰《けえ》っていいぞ。そうそう、このまえの煮売酒屋で一杯《いっぺえ》やって行きねえ」

と、ふところから巾着《きんちゃく》を取り出そうとしたところへ、手代が戻って来たか、ふすまの外から声を入れた。

「お師匠さまが一緒です」

右善が三八駕籠で出たあと竜尾と留造が戻り、お定から話を聞き驚いているところへ京屋の手代が来たらしい。

京屋の奥の部屋に右善と竜尾、権三と助八がそろった。

竜尾は小脇に抱えていた薬籠を脇に置いた。いずれへ行くにも、薬籠を持っておれば医者を装うことができる。というより本物の鍼医であり、時を問わず町場でも武家地でも、怪しまれずに動くことができる。

「お定さんから権三さんと助八さんの話を聞き、びっくりしているところへ京屋さんのお手代さんが見え、話が異なることにかえって心配になり、それでようすを見に来たのです」

「へへ、あっしらも詳しく知らなかったもんで」

「へえ、そういうことで」

と、助八が言ったのへ権三もつづけ、そろって頭をかいた。

まだ怪訝そうな表情の竜尾に、右善が藤市の語った概略を話した。

はたして竜尾もホッとした表情になったものの、

「なにやらが起こるきっかけになりそうな……」

と、お福とおなじように、懸念の色は消さなかった。

結局、竜尾もすぐには帰らず、権三と助八は煮売酒屋でしばらく竜尾を待つことになった。竜尾のふところには、幾本かの飛苦無が入っている。

「お酒はほどほどにね」

二人は背に竜尾の声を聞いた。

三

京屋夫婦は竜尾まで来たことにあらためて恐縮し、簡単な膳を用意した。四人とも共通の懸念を覚え、それへの対策で、膳の上は簡素なもののほうがかえってよかった。

部屋にはすでに行灯の灯りが入っている。

四人の念頭にあるのは懸念というよりも、それはお福が言ったとおり、火蓋の切られた火縄の煙がただよって来るような危機感だった。

「動くとすれば、今宵」

と、右善がそこに拍車をかけた。実際に右善はそう思っているのだ。

「いかように」

竜尾の視線が右善に向けられ、藤市とお福の視線もそれにつづいた。

右善は言った。伝法な口調で京屋夫婦に親しみを感じさせる段階はとうに過ぎている。いまは武士言葉のほうが、夫婦に信頼感を与える。

「伊村家の者が、さきの部屋住二人の死が伏見屋の手によるものだと気づいておらぬはずはなかろう」

「もちろんですとも。町の者もみんな気づいております」

藤市は応じ、右善はつづけた。

「ならば、伊村一正が覚然の揺さぶりを気にせず、助かる方途はなにか」

「えっ。まさか伊村さまが伏見屋さんをっ」

声を上げたのはお福だった。

右善は応えた。

「さよう。今宵もし覚然が何者かに殺害されれば、世間の目はまっさきに伊村家に向けられよう」

「もちろんです。きょう昼間の伊村一正と覚然の諍《いさか》い、もうお玉ケ池界隈で知らぬ者はおりませんから」

右善と藤市の会話になった。

「そこでもし、殺されたのが伏見屋夫婦ならどうなる」

「みんな、首をかしげまする。あ、きょう伊村一正は覚然に〝祟られるのは、おまえのほう〟と言っていましたそうな。〝霊を笠に着た狼藉者〟とも。だからといって、覚然が先手を打って伏見屋さんを……。うーむ、飛躍が過ぎるような」

藤市は、自分の言った言葉を自分で否定し、

「ただ、町の皆さんは混乱されましょうが」

「そこだ。昼間のうわさが最も生々《なまなま》しいのは、きょうだ。伊村家では、以前から伏見屋を葬ろうと考えていたはずだ。だが、殺せば衆目は伊村家に向けられる。だから躊躇していた。そこへきょうの騒ぎだ。これこそ、火蓋を切った火縄の火となるぞ。きようコトを起こせば衆目《しゅうもく》は混乱し、伊村家のみに集中するとは限らぬ」

「だったら、今夜……ですか。伊村屋敷のお侍さんたちが、となりの伏見屋さんを襲う……と⁉」

問うように言ったのはお福だった。声が震えている。

「さよう。今宵だ」

「ですが、右善どの」

途中参加で聞き役にまわっていた竜尾が口を入れた。

「伊村家のお人にさほどの思慮がなく、感情に任せ覚然を襲わぬとも限りませぬぞ」

「むろん、それも考えられる。だが、襲うなら襲わせればいいではないか。助勢してやりたいくらいだ。したが、きっと前後して伏見屋にも押込むはずだ。そこには夫婦二人しかいないことくらい、敵はとっくに調べていよう」

「そ、それなら、伏見屋さんに、お駒さんと清助旦那に、このことを」

またお福が言った。

「ふむ。早いほうがよい」

右善がうなずき、

「では、さっそく。でも、恐いよう」

お福が腰を上げかけ、躊躇した。外はすでに暗いのだ。恐怖がさきに立つ。

「私が行こう」

「儂もつき合うぞ」

藤市が腰を上げたのへ、右善が長尺苦無を手につづいた。

藤市が提灯を手に外へ出た。横に、長尺苦無を腰に提げた右善が一緒である。往還に人通りはない。

提灯を手にしているが、行く先はすぐとなりである。灯りを持つのは、夜分に他家を訪《おとな》うときの作法である。

ホトホトと忍ぶように雨戸を叩いた。

右善の脳裡はすでに、この町場で伊村一正を迎え撃つ算段をめぐらしている。

(一人ではあるまい)

ならば幾人か……。

(昼間、一正に組みついたという中間はついていよう。あと一人か二人、伊村家の手の者が……)

町場が起き出さぬよう、争闘は瞬時に決着をつけなければならない。

(そのあと死体を、どうやって運ぶ)

それが一番難しい。右善は一正たちの死体を武家地へ秘かに運びこみ、放置する算段である。そうすれば町方に出番はなく、伏見屋にお上の手が伸びることはない。幕府行政の仕組の支配違いを、最大限に利用しようというのである。

まだ藤市は雨戸を叩いている。

応答がない。

叩く音はしだいに大きくなる。

藤市は雨戸のすき間に目をあてた。

「おかしいですよ。奥に灯りの気配がありません」

「どれ」

右善ものぞいたが、灯りどころか人の気配も感じられない。

暗くなったばかりである。人は日の出とともに起き、日の入りとともに寝るというが、この時分なら灯りをともし、人の動きもまだあるはずだ。それがない。

(出かけている)

右善は藤市と顔を見合わせ、

「戻るぞ、急げ！」

「へ、へえ」

藤市も事態を察し、提灯を手につづいた。

右善は開けたままにしていた雨戸の潜り戸に飛びこんだ。

暗い。

「灯りだ」

「へ、へえ」

藤市は急ぎ、

「おっとっと」

敷居につまずきながらも、店場から奥への廊下のほうに提灯をかざした。

奥の部屋では突然廊下に響く足音に驚き、竜尾は思わずふところの飛苦無をつかみ腰を浮かした。

ふすまが勢いよく開いた。

右善だ。

「竜尾どの、わけはあとだ。すぐ出かける。薬籠を忘れずついて来られよ」

「は、はい」

早口に言うと藤市の手にあった提灯をもぎ取るようにつかみ、そのまま来た廊下を取って返す右善に、竜尾も腰を浮かしかけたまま薬籠を小脇に抱え、廊下へすり足をつくった。

藤市は叫んだ。

「旦那、私は！」

「ここを固められよ。大事な役務だ。奉公人ともども、外に出てはならん」

物音に手代と小僧が驚き、廊下に出ていた。

「へ、へえ」

「おまえさん！」

お福はわけがわからず、腰を上げると藤市の腕にしがみついた。

外に出た右善は、

「あっちだ」

提灯で武家地のほうを指し示した。

「は、はい」

急ぐように大股で歩を踏む右善に、竜尾は薬籠を小脇になかば駈け足になった。裾が乱れる。

「薬籠、儂が持とう。慣れておるで」

「は、はい」

なかば駈け足のまま、竜尾は薬籠を右善に渡した。

京屋の奥では藤市が、

「さあ、なんでもありません。部屋に戻りなされ」

と、手代と小僧を引き取らせ、

「おまえさん、いったい⁉」

怯《おび》えるお福に話していた。

「お隣さん、留守でねえ。おそらく、伊村一正に先手を打とうと……」

「えっ。そんなら伊村屋敷へ、二人で⁉」

提灯の灯りを頼りに歩を踏みながら、右善も竜尾に話していた。提灯が竜尾の手に移っている。

「つまり、きょう伊村屋敷へ打込めば、疑いは覚然にかかると算段したのだろう」

「しかし、返り討ちに」

「覚悟の上だろう。早まったことを。だが、なんとか成就させてやりたい。うまく行けば、死体をわざわざ武家地に運ばずとも、身ひとつで逃げ帰ってくれれば、事件はまったく武家地でのことになる」

「は、はい」

竜尾はさらに着物の裾を乱した。

また京屋の奥では、

「わたしら、ここで凝《じ》っとしていていいのですか。お師匠《しょ》さんも一緒なんですよ」

「なあに、鍼医者になって伊村屋敷に探りを入れなさるおつもりだろう。右善の旦那に、じゅうぶんな算段があってのこと。われらがついて行けば、かえって足手まといになる」

話している。

右善と竜尾の二人だけのほうが動きやすいことは確かだ。だが、打込むまえに伏見屋夫婦を捕捉できるかどうか……。


動きはこれだけではなかった。

昼間の騒ぎを、当然色川矢一郎と藤次は聞き込んでいた。夕刻近くになってからだが、覚然が松枝町の祈禱所に無事逃げ帰っていることも確認した。

「さあて、このこと。右善さまにお知らせするかどうかだ」

手斧《ちょうな》を肩に、職人姿の色川が言ったのへ藤次が、

「なあに、大旦那のことでさあ。もうとっくにお聞きおよびでやしょう。それよりも腹が減りやしたし寒いし、その辺で腹ごしらえを兼ね、ちょいと熱いのも」

「ふむ。いいだろう」

と、入ったのが、いままさに権三と助八が駕籠を横に、床几《しょうぎ》に座って一杯引っかけていた煮売酒屋だった。

双方は驚き、色川と藤次は権三と助八からあらためて伊村屋敷の門前でのようすを

聞いた。権三と助八は京屋で詳しい話を聞いたあとであり、こんどは正確だった。だが二人は、伏見屋夫婦がいなくなり右善と竜尾が武家地に向かったことまでは知らない。

色川と藤次も、今宵なんらかの動きがある予感を覚えている。とくに京屋のとなりの伏見屋である。右善と竜尾がいま京屋にいるということは……気になる。

「すまねえが俺たちがここにいることを、大旦那に知らせてくれねえか」

「よござんす。あっしがちょいと走って来やしょう」

藤次に頼まれ床几から腰を上げた助八に、色川は言った。色川も京屋と伏見屋に、お上の手がすぐそこまで伸びていることを覚《さと》られてはならないと心得ている。伏見屋に心置きなく仇を討たせ、かつ縄をかけないためである。

「俺たちはいま隠密行だ。京屋にも伏見屋にも、俺たちがここに来ていることを覚られぬようにな」

「へい、そのように」

助八は走った。権三も、

「隠密行たあ、俺も行きたくなったぜ」

と、権三も腰を上げようとしたのを藤次はとめた。助八が行ったのはさいわいだっ

た。権三なら京屋に飛びこむなり勇んで、

『色川の旦那と藤次の親分がすぐそこにっ』

などと叫びかねない。

角を曲がれば京屋と伏見屋の通りである。

助八はすぐに戻って来た。息せき切っている。

「どうした！」

色川と藤次は、酒をついだ湯飲みを手にしたまま床几から立ち上がった。

助八はさきほど京屋で聞いたとおり、右善と竜尾がいましがた京屋を出て武家地に向かった経緯《いきさつ》を告げ、

「京屋の旦那が、いつ戻るかわからねえから、あっしらにも京屋に戻って待て、と」

「よし、そうしろ。ともかく俺たちのことは京屋では話すな」

「へいっ。さあ、権、京屋へ戻ろうぜ。ご新造さん、怯えてなさった」

「がってん」

と、助八が権三をうながし、空駕籠を担いで角を曲がった。

色川と藤次は、

「よし」

うなずきを交わし、武家地に急いだ。

思わぬ展開になったが、やはり京屋に走ったのが助八でよかった。権三なら戻って来てからも話が前後し、事態を掌握するまで時間がかかったことだろう。

湯島の療治処では、なかなか帰って来ない竜尾と右善に、留造とお定が心配している。二人とも最初に権三と助八から聞いた、武家地で斬り合いがあった話までしか知らないのだ。

四

松枝町から武家地には、お玉稲荷《いなり》とそこに広がる沼地の脇を抜けることになる。お清が不逞三人組の難に遭ったのはこの沼であり、最初の仇討ちが決行されたのもここである。

右善と竜尾の足はいま、お玉稲荷の境内の前にさしかかっている。かすかに水音が聞こえる。急ぎ足ではない。むしろ注意深く、ゆっくりとした歩調になっている。むろん沼地への用心もあるが、このあたりに伏見屋夫婦が潜んでいないとも限らないのだ。藤次が張り込み、お駒が武家地から出て来た女とつなぎを取ったのを目撃したのは、このすこし先である。

竜尾が声を低めて言った。

「灯り、消しますか」

「ふむ。ここはもう戦場《いくさば》だからなあ」

右善は応じ、提灯を顔に近づけ吹き消そうとした動きを止め、

「もう医者の患家まわりを装うこともあるまい」

「そうですね。薬籠をしばし、お玉さんに預けておきますか」

竜尾は右善の意を解し言った。

二人の足はお玉稲荷の境内《けいだい》に入った。広くはないが樹々が立ち、提灯なしでは歩けない。新春とはいえまだ冬場で、木の葉のざわめきはない。人の潜んでいる気配もない。境内に入ったのは、それを確かめる意味もあった。

祠《ほこら》の前に立った。柏手《かしわで》を打つのがもったいないほどの静けさだ。右善は賽銭箱《さいせんばこ》の脇に薬籠をそっと置き、竜尾とそろって合掌し二礼した。祈ったのはただ一つ、

――安らかに眠られよ
お玉に対してかお清への願いか、合掌した者にもわからない。ともかく〝安らかに眠れ〟である。おそらく伏見屋夫婦もついいましがた、この祠の前に立ち手を合わせ

たことであろう。祈ったのもまた、右善たちとおなじものだったかもしれない。

二人は境内をあとにした。

松枝町からここまで、すでに暗くなった往還で出会う者はいなかった。権三や色川たちが顔を合わせた煮売酒屋も、奇妙な組合せの四人が帰ったあと、暖簾を下げ雨戸を閉めたことであろう。

その色川と藤次が、お玉稲荷の境内から出て来た灯りを捉え、

「あれはっ」

「伏見屋夫婦か、右善さまたちか」

足をとめ、目を凝らした。暗いなかに黒い影が二つ……、薄い月明かりに影の持っているのが提灯一張《ひとはり》とあっては、顔までは見分けられない。

右善が言った。

「火はもう消しても」

「そうですね」

竜尾は応じ、提灯を顔に近づけた。

「お師匠だっ」

「そのようだな」

藤次が絞り出すような声で言ったのへ、色川が応じた。

確認と同時に、火は消えた。

輪郭さえ見えなくなったが、慌てることはない。行く先はわかっている。

それは右善たちもおなじだった。伏見屋夫婦の向かった先はわかっているのだ。

武家地に入った。

武家地は町場と違い、往還に遮蔽物がない。板壁か白壁ばかりがつづく。身を隠せるところは、いずれかの門の脇のみである。双方はすぐ身を伏せられるように腰をかがめ、足元に気をつけながら歩を進めている。

色川と藤次はむろん、右善と竜尾も足音を立てぬよう気をつけた。右善たちにとっては、すぐ目の前に伏見屋夫婦が歩を踏んでいるかもしれないのだ。

右善と竜尾はうなずきを交わした。前方の闇に沈むのは、昼間騒ぎのあった伊村屋敷の正面門である。

手前の路地に入った。清助とお駒の伏見屋夫婦もそこを曲がったはずである。もう一度白壁の角を曲がれば、二つ目の板戸が伊村屋敷の勝手門だ。

「おっ」

低い声とともに右善は足をとめ、すぐうしろにつづく竜尾を手で制した。竜尾も息を殺し、前方を凝視した。伊村屋敷の勝手門あたりに、影の動いているのが確認できる。灯りは持っていない。

清助とお駒であることに間違いはない。このような時分、伊村屋敷の勝手門前に灯りも持たずうごめくのは、伏見屋夫婦以外にあり得ない。

右善と竜尾はホッとした思いになった。まだ打込んでいない。おそらく清助とお駒はお玉稲荷で、右善たちが費《つい》やした数倍の時間を過ごしたであろう。清助とお駒はこれから打込む。そこに右善と竜尾は間に合った。

だが、心配だ。清助とお駒は、どのような得物を持って来ているか。まさか、簪と錐だけではあるまい。

「進むぞ」

「はい」

右善と竜尾は息だけの声で、壁を手さぐりに歩を進めた。

前方の影の動きから、清助とお駒は勝手門の前に身をかがめ、板戸を開けようとしているようだ。

釘状のものを平たく打ち、先端を曲げたものをすき間に差しこめば、外から板戸の小桟を上げることができる。しかし、相応の練習と経験が必要である。もちろん清助とお駒はその道具をつくり、幾度も試したことであろう。だが、実施となると手が震え、思いどおりにはいかない。手間取っているようだ。

声をかけ、思いとどまらせたい。だが、

(本懐を遂げさせてやりたい)

と、胸に秘めたものがあれば、

(早く開けろ、開いてくれ)

込み上げてくる。

距離はわずか五間（およそ九米《メートル》）ほどである。

京屋を飛び出たとき、引きとめるか助勢するか、いずれとも考えていなかった。ともかく駈けつけるのが先決だった。

いま右善も竜尾も、いかにすべきか迷いに陥《おちい》っている。

本来なら京屋に陣取り、押込んで来た伊村一正たちを迎え撃ち、その死体を秘かに武家地に運びこむ算段だったのだ。運ぶ途中で、さきほどのお玉稲荷の沼に投げこむのも、一案として浮かんだかもしれない。

「おっ」

と、ふたたび右善は声を洩らし、竜尾は身構えた。

清助とお駒は驚いたことであろう。

小桟開けに手間取っているところへ、板戸の内側に人の気配が感じられ、すき間から灯りまで確認されたのだ。

それが板戸のすぐ内側である。

(気づかれたか)

清助とお駒は思ったことであろう。無理もない。極度に緊張しているのだ。

二人は慌てて板戸の脇へあとずさった。

右善が声を洩らし、竜尾が身構えたのはこのときである。この二人からは、板戸の内側の気配は感じられない。

だが、

(屋敷から誰か出て来る)

想像はできる。

同時に右善も竜尾も、

(やはり)

思った。予測では、一正は今宵、伏見屋に打込むはずである。いまがその時分どきである。

勝手門の前が不意に明るくなった。板戸が内側から開けられたのだろう。右善と竜尾は固唾《かたず》を呑み、見守った。

提灯を手にした影が出て来て、板戸の敷居のあたりを照らした。男は中間姿ではないが、もし炭屋のあるじがいま、清助やお駒とおなじくらい至近距離にいたなら、それが昼間一正に組みついた中間とわかるだろう。

男は股引に着物を尻端折《しりはしより》にし、綿入れのようなものを着こんでいる。顔は隠すのか寒さ除けか頬かぶりをし、腰に刀を帯びているのが、右善と竜尾の距離からも看て取れる。脇差であろう。

清助とお駒にとっては、息遣いまで感じられそうな、すぐ目の前の光景である。清助とお駒の緊張は極度に達していよう。

男の声だ。

「さあ」

「ふむ」

内側からも声が返ってきた。

出て来た。絞《しぼ》り袴《ばかま》にこれも綿入れか、腰に刀が一本、大刀のようだ。武士であることが、右善と竜尾からも看て取れる。

板戸を出るには身をかがめることになる。顔が提灯に近づく。

あらためて清助とお駒は息を呑んだ。

一正ではないか。やはりこれから松枝町に出向くようだ。

突然のことに、

「ううっ」

清助の口から声が洩れた。

中間と一正はようやく、外に出たすぐそこに、人がいるのに気づいたようだ。

「わあっ」

武士にあるまじき驚きの声を上げたのは、一正だった。それは九間ばかり離れている右善と竜尾の耳にも聞こえた。

さらに聞こえた。

「お駒、行くぞ!」

「はい!」

このときの清助の声は大音声《だいおんじょう》といってよかった。

右善と竜尾にもようやく、武士らしい影が伊村一正であることがわかった。一正たちにとっても、それがお清の両親《ふたおや》であることがわかったはずである。

さらに右善と竜尾は、勝手門から出て来たのは二人だけで、あとにつづく者がいないことも解した。一正は、忠実な奉公人との二人だけで伏見屋に打込む算段だったようだ。そうであるなら、伏見屋に住まうのも夫婦二人であることを、やはり調べていたようだ。夜陰の不意打ちなら、少人数で殺害可能だ。ところが算段は勝手門を出るなり崩れ、しかも標的の伏見屋夫婦がそこにいる。

「なぜだ⁉　おまえたち、ここにっ」

驚かざるを得ない。一正はうろたえ、中間は確かめるように提灯を突き出した。見えた。

清助は脇差を手に、お駒は短刀を抜き放っている。

「いかん！　出るぞっ」

「承知っ」

右善と竜尾は地を蹴った。右善の手には長尺苦無が、竜尾は飛苦無を指に挟んでいる。二人は一正と中間の背後を襲うかたちになった。

「お清のかたきーっ」

清助は抜き身の脇差を振りかぶり、一正めがけ踏込んだ。勢いはあるが無防備な打込みようだ。

提灯を投げ捨てた中間は、

「小癪《こしゃく》な！」

抜打ちに踏込み、地に落ち燃える提灯に場が明るくなり、

――キーン
金属音が響いた。中間の脇差が清助の脇差をはね返した。だが中間の技量ではそのまま対手に打ちかかるには至らなかった。たたらを踏み、身を立てなおすにはあとひと呼吸必要だった。清助も脇差をはね返され、再度身構えるまで、おなじようにひと呼吸の間合いを要した。

不逞の部屋住とはいえ、やはり武士か剣術に心得はある。戸惑いを払拭《ふっしょく》し腰の大刀に手をかけ、短刀を逆手に身構えているお駒に踏込んだ。若い一正に大刀を振り下ろされたのでは、短刀で受けても防ぎ切れない。

だがお駒の覚悟はすさまじかった。短刀を逆手に持った右手を左手で支え、向かって来る一正に、

「かくごーっ」

甲高《かんだか》い叫びとともに踏込んだ。

一正の勢いはもう止まらず、相討ちしかない。

地で提灯はまだ燃えている。

そのなかに一正の身が揺らぎ、大刀の勢いが乱れた。

右善と竜尾は同時に地を蹴ったが、距離があり過ぎる。間に合わない。走りこみながら放った竜尾の飛苦無が、一正の首筋に命中したのだ。

不意に感じた首の痛みに、

「うっ」

うめき声を上げるのと、その身の揺らぐのが同時だった。一正にすれば自分の身になにが起こったのかわからなかったであろう。

お駒にとっては天の佑《たすけ》か、そのまま、

「きぇーっ」

踏込んだ。

短刀の切っ先を一正の胸に突き立てた。

「うぐぐっ」

ふたたびうめき声を上げた。しかし飛苦無も短刀も致命傷にはなっていない。

だが一正の手から大刀は地に落ちた。

右善がその場に走りこんだのは、中間が二の太刀を清助に浴びせようとふたたび振り上げたときだった。清助も捨て身か、刺しの構えで中間に向かい飛びこもうとしていた。

「うぐっ」

瞬時の短いうめきだった。

——グキッ
骨の砕ける音が確かに聞こえた。

走りこみざまに右善の長尺苦無が、中間の頸根《くびね》を背後から打ち据えていたのだ。

右善は数歩たたらを踏み、

「大丈夫か」

清助に声をかけたのと同時だった。その場に中間の身は脇差を手にしたまま崩れ落ちた。即死だった。これが長尺苦無の威力である。

不意に闇から飛び出て来た影が右善であることに気づいたか、

「右善さまっ」

清助は思わず言った。

竜尾もその場に走りこんで来た。

「おまえさまっ、早《はよ》う怨みを！」

お駒は金切り声を発し、一正の胸に突き立てた短刀を引き抜いた。一正の息はまだある。短刀が引き抜かれたほうへ一、二歩、よろめいた。お駒は血のしたたる短刀を手に、その身を避けるように一歩退いた。

清助はお駒の叫びに応えた。

「おぉうっ」

中間に向けていた脇差を、そのままよろめく一正に向け踏込んだ。刃《やいば》の切っ先が、一正の腹部に喰い込んだ。

「うーっ」

一正は立ったまま、まだうめく余力を残している。

お駒も短刀を逆手のままふたたび踏込み、一正の胸に再度突き立てた。

「うぐっ」

一正はうめき、

「な、なぜ、おまえたちが、ここに」

最期の言葉だった。その場に崩れ落ち、息絶えた。

五

時間にすれば、瞬時の出来事だった。

だが、大事件である。

勝手門の板戸は開いたままであり、騒ぎが内側に聞こえないはずがない。勝手門に近い中間部屋にも母屋にも灯りが点《つ》いた。人の動きも見られた。すでに灯りを持った人影が裏庭に飛び出し、勝手門に駈け寄っている。あと数呼吸のちには、屋敷の者は門外の変事を知るはずである。

この勝手門外の変を、始まりからいまに至るまでつぶさに見ていた者がいる。色川矢一郎と藤次である。白壁の角から、首だけを出していた。

中間の持つ灯りのなかに動きが見られたときだった。

「――助《す》けやすか」

「――いや、待て」

藤次が言ったのを色川は止めた。落ち着いていたわけではない。二人とも固唾を呑み、心ノ臓を極度に高鳴らせていた。

中間の提灯が地に落ち燃え上がったときである。藤次は再度言った。

「――出やしょう！」

「――いや、ならん！」

色川は飛び出そうとした藤次の肩をつかんだ。藤次は色川の手斧を手にし、色川のふところには十手が入っている。

提灯はすでに燃え尽き、二人からは影の輪郭さえ捕捉できないほどになっている。その視界に、新たな展開があった。

右善と竜尾は、一正と中間が崩れ落ちるなり勝手門内の気配に気づいた。灯りが動いているのまで見えた。近づいて来る。

「いかん。ここは儂に任せよ。二人を逃がすのだ」

「はい」

右善の叫びに竜尾は返し、

「さあ、ここを離れるのですっ」

清助とお駒をうながした。だが二人とも、

「うううう」

動かない。清助は脇差を握ったまま、お駒も短刀から手が離れなかったのだ。それそれ柄《つか》を握ったまま、指が硬直している。

それと気づいた竜尾は、さすがに鍼師である。

「足は動きましょう、さあ」

二人の背を押した。足は動いた。

「さあ、このままお稲荷さんまでっ」

二人の背を押しつづけた。

背後に、

「ぎぇーっ」

男の悲鳴を聞いた。身をかがめ提灯を突き出した腕を、門の脇から右善の長尺苦無が打ち据えたのだ。右善に手加減をする余裕はない。男の腕の骨は折れたようだ。中間か用人かはわからない。男は悲鳴とともに身を引き、落とした提灯が燃え上がり、ふたたびその場は明るくなった。

門内の者は外でなにが起こっているのか理解できず戸惑っているのが、外でつぎの獲物を待つ右善にはわかった。

出て来ない。恐怖か用心か、おそらくそのどちらもであろう。

「あわーっ、なんだあれは！」

門内に声が立った。地に燃える提灯の灯りに、横たわる人間の影が見えたのだ。それが一正と中間の一人であることを看て取ったか、抜刀し飛び出た者がいた。思い切った行動か破れかぶれか、その者の肩を右善の飛苦無が打ち据えた。

「うわっ」

悲鳴とともに、

――カシャッ

この者も刀を地に落とした。

「うううっ」

男はうめき声を上げ、右善は肩の骨を砕いた感触を手に受けていた。男はうめき声を上げながら、内側から、

「どうなされたっ」

声とともに門内へ引き戻された。内側には提灯がいくつも揺らぎ、龕燈《がんどう》も門に向けられ、地に落ちた提灯が燃え尽きても、内側の灯りが門外を照らしている。

なんとも奇妙な光景である。右善の姿は内側からは見えない。門の陰で長尺苦無を振り上げ、つぎを待っているのだ。

なおも竜尾は、得物を握り締めたままの清助とお駒の背を押している。

「あぁぁ」

お駒がつまずき、前のめりになった。

「危ない！　気をつけてっ」

竜尾は思わず背後からお駒を抱きとめた。

伊村屋敷の勝手門がある裏手から、表通りへ出る角を曲がったところである。

（おおおお）

色川も藤次も、心中に声を上げたが口には出さなかった。お駒がつまずいたのは、二人が身をかがめている目の前だったのだ。

「さあ、早く。お稲荷さんまで」

竜尾はふたたび二人の背を押した。すぐかたわらに色川矢一郎と藤次が潜んでいるのに気づく余裕はなかった。右善が伊村屋敷の後詰《ごづめ》を防いでいるあいだに、伏見屋夫婦をできるだけ遠くに逃がさなければならない。当面の目標は、右善と申し合わせたわけではないが、お玉稲荷であった。薬籠をそこに置いている。

「あぁぁ」

と、こんどは清助がつまずいたようだ。

もたつくそれらの影が色川と藤次の目と鼻の先を過ぎ、闇に見えなくなると、

「ふーっ」

二人は息をつき、すぐさま視線を伊村屋敷の勝手門のほうへ向けた。

「おぉ」

色川が声を上げた。門内からの灯りに右善がまた一人、六尺棒を手に飛び出て来た影を打ち据えたのだ。このまま右善一人の手に負えるか……。

「助《す》けやしょう！」

「ならん！」

また飛び出ようとした藤次の肩を色川は再度つかんだ。もちろん、右善への信頼はある。しかしそれよりも、

「ここは武家地だ。俺たちの加わったのが露顕《ばれ》てみろ。お奉行は切腹だぞ」

やはり支配違いである。身なりは職人でも得物は十手である。出せば、問題は柳営の大目付はおろか老中まで揺るがすことになるだろう。藤次が手斧を振りまわせば、その責は児島善之助にまで及ぶだろう。

言われれば藤次も躊躇せざるを得ない。

色川はさらに言った。

「それよりも、あの三人が危うい。護れ、落ち行く先はお玉稲荷と言うておった」

「確かに。したが……」

「心配するな、十手は出さねえ」

右善が危機に陥れば、闇から不意に飛び出し、対手に組みつくことはできる。あとは右善とふた手に別れ、闇にまぎれこめばよい。そのあたりの呼吸は、色川と右善なら瞬時に合わせることができよう。

藤次は手斧を手に三人を追った。すぐ影を捉えた。声はかけない。あくまで、伏見屋夫婦にもお上の手出しを知られてはならないのだ。

町場にさえ出れば、防ぐ自信はある。追っ手が来れば大声を上げ、手斧を振りまわせばよい。騒ぎに驚いた住人たちがおもてに飛び出し、追っ手は引かざるを得なくなるだろう。事態が大きくなって困るのは、伊村屋敷のほうなのだ。

「ううううっ」

飛び出したい衝動を、色川は堪《こら》えた。

門内から二つの影が同時に飛び出た。一つは即座に打ち据えられ、もう一つは一正の死体に駈け寄り、

「やはりっ」

叫ぶなり右善に立ち向かうことなく、門内にころがりこんだ。一正の死体を確認するために出て来たようだ。

封じこめには限界がある。表門からまわりこまれたならどうなる。長尺苦無で刀を防ぎ得ても、特徴のあるその風貌が龕燈や提灯の灯りに照らされる。伊村屋敷の者はまだ、対手が誰かもその人数もつかんでいないのだ。

衝動を抑《おさ》えた色川の判断は正しかった。というより色川は、右善の判断を解したのだ。右善は思った。

(竜尾どの、もう武家地を出たはず)

門内の者は見えぬ相手に怯え、勝手門を龕燈や提灯で照らすのみである。

瞬時、動きの膠着《こうちゃく》したなかに右善は長尺苦無を小脇に収め、来たときとは逆方向へ脱兎《だっと》のごとく走った。

「やや、逃げたようだぞ」

門内に声が洩れ、幾つかの影がわらわらと出て来た。

「おっ、向こうだ。追え」

影の一人が言ったのへ門内から、

「追うな。遺体を早う中へ。何事もなかったように、清掃せよ！」

号令が飛んだ。かけたのはおそらく、伊村家の当主であろう。

右善の影が消えた逆方向の角で、

（やはり、右善さま）

色川は胸をなで下ろした。

右善は伊村屋敷の者に姿を見られることはなかった。中間の首筋に、竜尾の放った飛苦無が刺さったままである。だが小型の苦無は、薬草の根を掘るだけのものではない。石工《いしく》は石割《いしわり》に使い、大工も板割《いたわり》に使えば左官屋も板壁との調整に使う。それらから苦無の持主を割り出すことは困難だ。

首筋に刺さっていたことから、ぶるると身を震わせる者もいるだろう。だが、首筋に飛苦無を受けていたのは一正ではない。一正は肩や腹、胸を刺されていたのだ。そこから伏見屋を連想する者はいないのではないか。武家地にも得意先のある扇子屋のあるじが、こうも派手なことなどできるはずがない……。誰もが思うところである。

ならば、

（昼間、屋敷から放り出し打擲した覚然が怨みに思い……）

考える者は多いだろう。

それらを思い浮かべながら色川は、右善が確実に現場を離れ、伊村屋敷の者が門外の清掃にかかったのを確認し、みずからもその場を離れた。念頭にあるのは、

（よし、支配違いを犯さずに処理できるぞ）

そこであった。

六

竜尾に揉み療治をしてもらい、清助とお駒はようやく指を動かすことができた。

お玉稲荷の祠の前である。

脇差と短刀は血のりを拭《ぬぐ》い、鞘に収めてから沼に沈めた。それは夫婦にとって、お玉稲荷への奉納と、お清に仇討ちの終了を知らせる意味があった。

あとは祠の脇に座りこみ、清助もお駒も放心状態だった。

白い息を吐くほどの寒さでないのがさいわいだった。

暗いなかに、清助がぽつりと竜尾に問いかけた。

「お師匠が、なぜここに。それに、右善の旦那まで」

お駒もさっきから気になっていたことである。

竜尾は言った。

「近くまで往診に来たついでに京屋さんに寄ったのです。すると藤市旦那とお福さんが、伏見屋さんがいないと心配なさるものですから、もしやと思い、右善どのと駈けつけたのです。わたくしたちも、お玉ケ池の霊のうわさは聞いておりましたから。万が一にそなえ、お稲荷さんに薬籠を預けましてね。案の定でした。それに今宵、一正が屋敷の外へ出るだろうことは、右善どのがとっさに予測されたのです。先手を打ってあなたがたを葬ろうとするのではないか、と」

「えっ、それで勝手門から一正が！」

清助がようやく、勝手門で一正と鉢合わせになり、屋敷内に打込んで命を落とさずにすんだことの不思議を解し、

「そうですか、京屋さんが右善の旦那に」

と、お駒も得心したようだ。往診の途中を証明するように、薬籠も賽銭箱の脇にあった。薬籠がこのような効果を生むなど、予測外のことだった。

お駒が訊いた。

「右善さま、いまどこに。大丈夫でしょうか」

「あのお方はお奉行所の元同心です。心得はおありです。伊村屋敷がどう処理するか

を見極め、すぐここへ戻っておいでです」

「…………」

〝元同心〟という言葉に、清助とお駒は恐怖に似たものを覚えたようだ。

竜尾はそれを感じとり、

「いまはご隠居さんです。お上とは関係なく、武家地のことは武家地のこととし、町場とはなんの係り合いもなく処置しなさるはずです。右善どのがここへ駈けこんで来られれば、なにも訊いてはなりません。訊けばかえって右善どのがお困りゆえ。あなた方にも、なにも訊かないはずですから」

この言葉に夫婦は安堵を覚えたが、右善と竜尾がここまで深く係り合って来たことに、まだ得心できないようすだった。

竜尾は言った。

「右善どのは言っておいででした。町衆に仇討ちがあってもいいではないか……と。あれば加担したい……とも。わたくしも、そう思います。おそらく京屋さんもそう思われ、右善どのに相談されたのでしょう」

「お福さんも、そのように思い……？」

お駒は返した。

「藤市旦那も……」

清助がぽつりとあとをつないだ。

三人の声は、往還から境内へ入る、小さな鳥居のところまでは聞こえない。そのわきの茂みに、藤次と色川は潜んでいる。藤次が三人を見守るように尾け、鳥居のわきに潜んでから色川が来るのを待ったのだ。奥の声は聞こえずとも、どのような話をしているか察しはつく。

鳥居の前で藤次が駈けて来た色川に声をかけたときも、色川は茂みに入るなり、

「さすがは右善さまだ」

言ったものだった。その一言で、藤次は伊村屋敷のその後の首尾を覚った。

やがて色川と藤次は、境内に走りこむ右善の影を見た。すぐに四つの影が、奥の祠のほうから出て来た。灯りはなく、四人とも用心深く一歩一歩確かめるように歩を踏んでいる。右善が小脇に薬籠を抱えているのが、茂みからも看て取れた。

それらの足音も聞こえなくなった。手斧を肩にした藤次が、

「こいつを使わずにすみ、なによりでやした」

と、茂みから腰を上げ、

「さ、色川さま。あっしらも帰《けえ》りやすか」

「待て。この舞台、もうひと幕あるぞ」

色川は藤次の帯をつかみ、ふたたび潜ませた。

「なんですかい、もうひと幕たあ」

茂みに腰を据えなおし、藤次は訊いた。

色川は言った。

「右善さまが時間を稼ぎ、闇に身を引かれたあとだった。おそらく伊村家の当主だろう、差配が当を得ておった。なにも残らぬように、何事もなかったように……と。あの処理の手際のよさ、もうすこしさきを見据えたい」

「と、申しやすと？」

藤次は訊いた。

「わからんか。こたびの件、町場や武家地にながれたうわさが、鳩山家を縮み上がらせ、伊村家を居丈高《いたけだか》にさせた」

「そのようで」

「今宵のことも早晩、うわさになろう。伊村家がなにもなかったように装っても、両どなりの屋敷は気づいていようよ。そこの中間や腰元たちから洩れるはずだ」

「おそらく」

「そこへもっと派手な、厳然とした事実をともなった、別の話がながれればどうなる」

「焦《じ》れってえですぜ、旦那。人の口ってえ無責任なもんで、うわさも関心もそのほうへ移りまさあ」

「そうだろう。それを今宵のうちに、あの当主ならやりかねねえ。好奇の目を、すこしでもよそへ向けさせようと、目くらましをかけるつもりでなあ。その格好の材料が一つ、伊村家にゃあるじゃねえか」

話しながら色川は、武士言葉から伝法な口調になった。

藤次はようやく気づいた。

「えっ。するってえと、伊村屋敷の者が今宵、覚然を⁉ きょう一正を殺《や》ったのは覚然だと思い？ ですが旦那、町の者は伊村家の仕業と気づきやすぜ。きょう昼間のこともあることだし」

「そりゃあ伊村家は覚悟のうえさ。怪しげな祈禱師の覚然が現実に殺されてみろい。伊村屋敷でなにか事件があったらしいとか、屋敷の次男坊が呪い殺されたなどのうわさなんざ消し飛んでしまわあ。現場さえ押さえられなきゃ、相手は武家だ。町方は伊村家に目串《めぐし》を刺しても、踏込めねえ。寺社奉行だって、町場で山伏が殺されたくれえで、いちいち探索を町奉行所に頼み、借りをつくるようなことはしめえよ。あの当主なら、そこまで瞬時に計算すらあ」

「なあるほど、それならすべてが丸く収まり、人のうわさも四十九日……と」

「しっ」

色川が藤次の言葉に叱声をかぶせた。

往還に提灯の灯りが走り、足音も聞こえた。

大刀を帯びた影が三つ、町場のほうへ過ぎ去った。

「そら来なすった。行くぞ！」

「がってん」

色川と藤次は茂みを飛び出した。

すでに走り去った灯りは見えなくなっている。だが行く先はわかっている。

「おっとっと」

足元に気をつけながら、二人はあとを追った。

歩を進めながら色川は言った。

「いいか、手出しはならんぞ。見定めるだけだ」

「わかってまさあ」

藤次は返した。

七

「ほおう、朝になったか」

右善は離れの寝床の中で、母屋の裏手から聞こえる水音に目を覚ました。外はもう明るい。日の出とともにお定が起き、井戸端で水を汲み始める。留造も起きておもての冠木門を開ける。井戸端に竜尾も出て来て朝日を浴びながら顔を清める。このあとに右善が離れの腰高障子を開け、手拭を肩に出て来る。すでに母屋の勝手口からは味噌汁の香がただよっている。

療治処の朝の始まりに、きょうも変化はなかった。

だが、右善が手拭を肩にかけ、釣瓶《つるべ》で水を汲みはじめると、台所で味噌汁を煮ているはずのお定が、

「もう、きのうは心配で心配でたまりませんでしたよ。もう、もう」

言いながら母屋の勝手口から出て来た。

昨夜、権三と助八は駕籠尻を冠木門の前に着けると、

「――へい、あっしらはこれで」

と、急ぐように湯島二丁目のねぐらに帰った。空駕籠ではなかった。一升徳利を載せている。

きのうの夜、京屋で右善と竜尾の帰りを待つあいだ、腹ごしらえはしても酒は呑まぬようにと藤市とお福から強く言われ、ひたすら待ちつづけた。権三と助八がかわるがわる幾度も外まで見に行ったものだった。

右善と竜尾が戻って来ると歓声を上げ、伏見屋の清助とお駒も一緒だったことに、藤市とお福はその場にへなへなとへたりこむほど安堵を覚えた。

その場から三八駕籠は竜尾を乗せ駕籠尻を浮かせた。そのとき、お福が急いで一升徳利を駕籠の中に押しこんだ。それを早く帰って呑もうというのである。

留造とお定は冠木門の外に物音を聞くなり母屋の玄関を飛び出し、竜尾と右善が潜り戸を入って来るのを見るなり、

「――あぁぁぁ」

お定も京屋のお福たちとおなじで、安堵が一気に出たか玄関前にへたりこんでしまった。右善はその場から離れに戻り、ともかく熟睡したのだった。

お定はひとこと文句を右善に言いたかったようだ。口調は怒っているようでも、そ

のときの安堵も右善に伝えたかったのだ。勝手口から顔をのぞかせた留造も、昨夜のうちに竜尾から首尾を聞いたか、あらためて安堵の色を顔に刷《は》いていた。

日の出から間もなくである。母屋の居間はいつもとまったく変わらない、竜尾と右善、留造とお定の四人の朝餉の座がととのった。

療治処ではあくまで竜尾が主人である。箸に手を伸ばし、

「きのうは夜遅くまで、ほんとうに……」

言いかけたところへ、開けたばかりの冠木門を駈けこんだか、

「右善の旦那あーっ、お師匠ーっ」

訪《おとな》いよりも叫び声が玄関口より飛びこんで来た。

「ん？　あれは京屋の旦那」

右善がまっさきに気づいた。手代ではなく、あるじ藤市の声である。

留造やお定よりも早く右善が座を立って玄関に走り、竜尾もそれにつづいた。

藤市は内神田から外神田まで一目散に駈けて来たか、玄関の土間に座りこみ両手を板敷きにつき、荒い息を吐きながら、

「祈禱所に何者かが押入り、覚然があっ、殺されましたあっ」

「なんと！」

「えぇえ、あの山伏が！」

右善は声を上げ、竜尾も驚きの言葉を洩らした。竜尾はもとより、右善も伊村屋敷の勝手門を離れたあとの、伊村家の動きを知らない。

藤市は留造の運んで来た水を柄杓《ひしゃく》のまま飲み、朝餉の始まろうとしていた居間に上げられお定の用意したお茶をまた一気に飲むと、ようやく息がととのったか、話しはじめた。

けさ早く、朝の納豆売りが祈禱所の異変に気づき、松枝町の自身番に駆けこんだという。町役たちが駆けつけると、中はさほど荒らされておらず、覚然と下男の斬殺体が部屋に横たわり、あたり一面血の海だったという。駆けつけた医者によれば、血の固まり具合から凶行のあったのは昨夜、かなり遅い時分らしい。

竜尾と右善は顔を見合わせた。どうやら、お玉稲荷から伏見屋夫婦を松枝町まで連れ帰った前後のころのように思われる。

まったく予測していなかったわけではない。だが、実際に凶行があったとなれば、驚愕せざるを得ない。留造もお定もせっかくの京屋の来訪だが、大福餅や落雁を期待する思いは消し飛んでいた。

いまはたぶん自身番から常盤橋御門の北町奉行所に人が走り、そろそろ役人が駆けつけているころだという。

療治部屋にも待合部屋にも、すでに人が入っている。内神田のうわさは、まだ外神田にまではながれて来ていないようだ。

庭に三八駕籠のかけ声が聞こえた。きょう最初の送り迎えの患者を乗せて来たのだが、いつもより遅い時分になっていた。なにしろきのうは帰りが遅く、駕籠には一升徳利を載せていたのだ。

右善が縁側に出て、患者を庭から待合部屋に上げるのを手伝い、竜尾は胃痛と肩こりの婆さんに鍼を打っていた。

「さあ、右善どの。胃ノ腑の薬湯、早う煎じなされ」

「承知、すぐに」

右善は療治部屋に入ると、ふたたび竜尾の差配で薬研を挽きはじめた。さすがに竜尾か鍼を手にしたときは指に全神経を集中し、右善も薬剤の調合を間違うことはなかった。だが二人とも、念頭から離れない。昨夜、祈禱所が襲われたと思われる時分、道はひと筋離れているとはいえ、おなじ松枝町の伏見屋と京屋には人の出入りがあったのだ。近所でそれに気づいた者もいるだろう。

(疑いがかからぬか)

さらに、奉行所がどこまで探索の手を伸ばすかも気になる。

それが明らかになったのは、陽が中天にさしかかった午《ひる》すこし前、通いの最後の患者を、

「へい、黒門町《くろもんちょう》でやすね」

「がってん」

と、三八駕籠がかけ声とともに冠木門を出た直後だった。黒門町は上野《うえの》で内神田とは逆方向である。いつも早耳の権三と助八が、松枝町の変を知るのはもうすこしあとになりそうだ。

竜尾と右善が、療治部屋のかたづけにかかろうとしたところへ、

「さっき出て行ったの、三八駕籠でやすねえ」

と、庭から声を入れたのは、職人姿で手斧を肩に引っかけた色川矢一郎だった。

「おぉう、おうおう」

右善は縁側に出てそのまま療治部屋に招き入れた。覚然殺しのその後を知らせに来たのに相違ない。

「で、お奉行所はいかように」

と、竜尾も鍼を熱湯消毒しようとしていた手をとめ、にわかに療治部屋に三ツ鼎《みつがなえ》の座ができた。

お定が茶を運び、気を利かせたかすぐに退散した。

右善も竜尾も、色川と藤次がすべて見ていたことには、

「なんと！　まったく気がつかなんだぞ」

「さすがは色川さまと藤次さん」

と、驚くとともに感心した。

覚然の祈禱所に打込んだのは、思ったとおり伊村屋敷の者だった。

それよりも、気になるのは奉行所の動きである。色川は世間話でもするように伝法な口調で言った。

「お奉行にゃ探索の結果、押入った賊は三、四人でいずれも武士であり、目撃者もいたことを報告しておきやした」

目撃者とは色川と藤次であり、そこで賊の人数は三、四人とうまくぼかした。

自身番からの第一報に、奉行所の動きは速かった。

捕方を引き連れまっさきに駈けつけたのは、定町廻りの児島善之助だった。

「ほう、して……？」

すぐに奉行所から下知が出て、児島善之助は死体の処理とあとかたづけを自身番に任せ、すでに、

「奉行所に引き揚げ、藤次もそこにつき添っておりやす」

町方の関与するところにあらず、と早々に手を引いたのである。この動きは迅速だった。

「ほおう。そりゃあ、おめえと藤次の手柄だぜ」

右善は褒め、竜尾も安堵の表情を見せるなか、

「滅相もございやせん。支配違いを犯しちゃならねえとは、当初からのお奉行のご下知であり、あっしらはそれに従っただけでさあ」

「ご謙遜を。それで武家地のようすは……？」

問いは竜尾だった。

色川は応えた。

「なぁんもありやせん。いつものとおりで、町場と違って静かなもんでさあ。ただ、伊村屋敷の近くで聞いたのでやすが、伊村家じゃ部屋住の次男が急死し、不幸は重なると申しやしょうか、長子のお方が今朝の剣術の朝稽古で、どんな激しい打ち合いをしなすったか、肩の骨を砕かれ、相手をしていた若党も腕の骨を折ったとかで、朝早

くに医者が出入りしていたらしいですぜ」

どうやら右善が肩を打ち据えたのは、伊村家の長子であったようだ。

「いまごろ城中じゃ、お奉行もお目付衆も寺社奉行さまも、和気藹藹《わきあいあい》となされておいでやしょう。善之助どのも言っておいでやしたよ。祈禱所に押込んだのが侍だったと証言してくれる人がいたおかげで、松枝町の住人に聞き込みを入れる必要がなくなり助かった、と。横で藤次の父《とっ》つぁん、満足そうにうなずいておりやした」

色川はいくらか得意気に語り、

「そうそう、これはこたびの件に係り合っているのかどうかわかりやせんが、ほれ、まえに部屋住を喪《うしな》った鳩山家へ奉公に上がっていたお女中が一人、やはりこのお屋敷はわたくしには務まりませぬ、ときょう午前、暇をとったそうですよ。屋敷は引きとめることもできず。まあ、あの御三家、これからも奉公人がつぎつぎと辞め、困ることでしょうなあ」

たぶん伏見屋のお駒の姉のことだろう。右善たち以外にも、隠れた助っ人はいたのだ。町衆のすべてが、さらに奉行所もそうだったのかもしれない。

色川は話し終えると、

「ま、そういうところで。あっしはこれで」

と、まだ仕事があるのか、竜尾が引きとめるのをふり払うように帰った。

「ふーっ」

と、竜尾と右善はまるで昨夜の一件がいま終わったように、大きく息をついた。

居間に入り、昼餉の座となった。午後の往診にはまだ余裕がある。

碗と箸を手に、

「ふふふ」

右善は含み笑いをした。

「まあ、なんですか、気色の悪い」

お定が言ったのへ右善は返した。

「小柳町じゃ上州屋の向かいに日々屋がいて、松枝町じゃ伏見屋のとなりが京屋だった。愉快じゃないか。うふふ」

留造とお定には意味がわからない。お定たちにとって、京屋といえば大福餅と落雁である。

竜尾は解した。

「ほんとう、町衆の絆《きずな》は強いものですねえ」

満足そうに言った。

「聞きやしたかい！　殺し、殺し」

「あの山伏の覚然でさあっ」

と、権三と助八が空駕籠を担いで療治処の冠木門に走りこんだのは、ちょうど竜尾とお定が午後の往診から帰り、右善が療治部屋で一人薬草の調合をしているときだった。

殺しのあった場所が、きのう右善と竜尾の帰りを待った松枝町とあっては、権三と助八はなにはともあれ療治処へと急ぎ戻って来たのだ。

ところが右善と竜尾のみならず、留造とお定まですでに知っていたことにがっかりした。

だが、竜尾が昨夜夕餉を一緒にできなかったぶん、きょうこれからと言ったので機嫌を取りなおした。昨夜は一升徳利を駕籠に載せて帰ったが、ねぐらで呑む酒はそのまま徳利から注ぎ、冷やである。だが、療治処でご相伴に与《あず》かれば、熱燗で肴《さかな》も熱いものが出る。これが二人にはたまらない。

酔いがいくらかまわったなかに、助八が右善に言った。

「いつか旦那、言っておいででやしたねえ。最初は些細な悪戯《わるさ》だったのが、徐々に大きな事件になる場合もあるって。旦那の扱いなすった事件で、そんなのもあったんですかい。それがここんところ、ずっと気になっておりやしてね」

「助、おめえなに訊いてやがる。子供の火遊びが火事になったみてえな、そんなのざらにあっちゃ困るぜ」

権三がお猪口《ちょこ》の酒を干し、嘴《くち》を容《い》れた。

「おっ、権三。おめえ、たまにはいいこと言うじゃねえか」

と、右善は機嫌よさそうに応え、

「こたびがまさにそれよ。覚然の欲得が大きく膨《ふく》らんで、揚句《あげく》は利用した侍に討たれたのがよう」

権三と助八はにわかには理解できなかったが、

「そのようですねえ。それも、なかば自業自得のような」

竜尾はうなずいていた。

後日談になるが、覚然が消えた〝お玉ケ池の厄除け講〟は、上州屋平吾郎など主だった顔触れが中心となって存続した。覚然抜きになれば〝霊〟の呪縛《じゅばく》が払拭され、より現実的な互助組織となり、やがて伏見屋と京屋も講に加わった。

いつのまにか天明八年（一七八八）の睦月《むつき》（一月）なかばの女正月も過ぎていた。

待合部屋で町内の隠居が二人、話していた。

「困ったときの神頼みよりも、わしもお玉ケ池の厄除け講に入ろうかなあ」

「ああ、うちじゃやせがれ夫婦もそんなことを言うておった」

療治部屋では竜尾が腰痛の婆さんの腰に鍼を打ちながら、

「さあ、右善どの。つぎの鍼をここへ」

「承知」

右善は竜尾の差配で新たな鍼を出し、

『おい婆さん、つぎは儂が打って進ぜようか』

言おうとした言葉を呑みこんだ。婆さんは竜尾の鍼に、安心しきった表情になっている。ここで余計な不安を与えることはない。町の平穏を願う右善に、その自覚はあった。

時代小説
二見時代小説文庫

お玉《たま》ケ池《がいけ》の仇《あだ》　隠居《いんきょう》右善《ぜん》　江戸《えど》を走《はし》る6

著者　喜安幸夫《きやすゆきお》
発行所　株式会社　二見書房
東京都千代田区神田三崎町二－一八－一一
電話　〇三－三五一五－二三一一［営業］
〇三－三五一五－二三一三［編集］
振替　〇〇一七〇－四－二六三九
印刷　株式会社　堀内印刷所
製本　株式会社　村上製本所

落丁・乱丁本はお取り替えいたします。
定価は、カバーに表示してあります。

 ISBN978－4－576－18073－1
http://www.futami.co.jp/